El destino del jeque
OLIVIA GATES

Editado por HARLEQUIN IBÉRICA, S.A.
Núñez de Balboa, 56
28001 Madrid

© 2012 Olivia Gates. Todos los derechos reservados.
EL DESTINO DEL JEQUE, N.º 1918 - 5.6.13
Título original: The Sheikh's Destiny
Publicada originalmente por Harlequin Enterprises, Ltd.

I.S.B.N.: 978-84-687-2761-5
Depósito legal: M-9809-2013
Editor responsable: Luis Pugni
Fotomecánica: M.T. Color & Diseño, S.L. Las Rozas (Madrid)
Impresión en Black print CPI (Barcelona)
Fecha impresion para Argentina: 2.12.13
Distribuidor exclusivo para España: LOGISTA
Distribuidor para México: CODIPLYRSA
Distribuidores para Argentina: interior, BERTRAN, S.A.C. Vélez
Sársfield, 1950. Cap. Fed./ Buenos Aires y Gran Buenos Aires,
VACCARO SÁNCHEZ y Cía, S.A.

Capítulo Uno

Laylah Aal Shalaan sintió un escalofrío en la espalda, caliente, abrasador. No era una de esas gélidas noches de diciembre en Chicago. Era fuego lo que le corría por las venas, no hielo. Había tenido tantos golpes de calor durante las semanas anteriores... Todo un récord para alguien de veintisiete años de edad. Pero ese no era el único récord que ostentaba. También estaba lo de ser la única mujer nacida en su familia en cuarenta años.

Alguien la vigilaba. No tenía nada que ver con el personal de seguridad que solía seguirla a todas partes en otra época. Pero lo de la seguridad personal había dejado de ser una prioridad dos años antes y ya no tenía a los guardaespaldas pisándole los talones. No necesitaba protección. Desde su salida de Zohayd había seguido protocolos de seguridad normales, al igual que cualquier otro ciudadano de Chicago.

Hasta esa noche.

Normalmente se iba a casa con Mira, su socia y compañera de piso. Pero esta se había ido a ver a su padre, que estaba en el hospital en otro estado, y la había dejado sola por la noche, por primera vez en más de dos años.

Abandonó el edificio desierto por el acceso de atrás, que salía a un callejón igual de solitario. Alguien la observaba… Lo más raro de todo, sin embargo, era que no se sentía amenazada. Solo sentía curiosidad, emoción. Miró hacia el otro lado de la calle. Había tres coches aparcados. Junto al más próximo había un hombre. De repente cerró el capó de un golpe, subió al vehículo y arrancó. El segundo coche también se puso en movimiento. El más alejado, un Mercedes de último modelo con cristales tintados, parecía vacío. Antes de poder averiguar de dónde procedía esa extraña influencia, el segundo coche aceleró con fuerza. Un segundo más tarde se había detenido a su lado. Las puertas se abrieron violentamente. Cuatro hombres salieron del vehículo y la rodearon en un abrir y cerrar de ojos. Aquellos cuerpos imponentes y rostros rudos parecían llenos de malas intenciones.

Laylah no veía más allá. La sangre empezó a correrle por las venas a toda velocidad; el tiempo se ralentizó. De repente sintió unas manos sobre los brazos que la agarraban sin contemplaciones. El terror más absoluto estalló en su interior. Empezó a forcejear con furia. A lo lejos oía retazos de una conversación vaga.

–«Zolo» es una, hombre –dijo uno de ellos con un extraño acento.

–Tom dijo que habría dos. Será mejor que no pagues la mitad ahora.

–Es la que queremos. Tendrás tu pasta.

–Dijiste que caería a tus pies, lloriqueando, pero

4

parece que se defiende bien. Casi me deja sin rodilla.

—¡Y a mí casi me saca un ojo!

—¡Deja de quejarte y métela en el coche!

Laylah se dio cuenta de que no era un ataque fortuito. Esos hombres conocían muy bien su rutina. No obstante, la presencia que había sentido era otra cosa. No podían ser ellos.

Las arrastraron hasta el coche. Una vez la metieran dentro, estaría perdida.

Arremetió contra ellos con todas sus fuerzas, haciéndoles sangre y arrancándoles gritos de dolor. De pronto sintió el impacto de un martillo neumático en la mandíbula; vio las estrellas. Un filo de dolor le atravesó el cerebro. A través de un tupido velo de color rojo, vio que uno de los atacantes era absorbido por una especie de agujero negro. El individuo fue a dar contra el costado del edificio como un muñeco roto. Otro de los asaltantes se dio la vuelta. Se oyó un golpe seco y un segundo después su sangre volaba por los aires a unos centímetros del rostro de Laylah. El hombre la miró un instante con los ojos desencajados y aterrizó contra su cuerpo, como si acabara de recibir el impacto de un coche a toda velocidad. La derribó. La joven se revolvió debajo del peso muerto. El miedo la tenía atenazada, desorientada. ¿Quién había acudido en su ayuda? ¿Irían a por ella una vez terminaran con los atacantes?

De repente sintió que le quitaban al tipo de encima. Se incorporó a duras penas sobre la helada acera y vio… vio… Le vio a él. Un ángel caído. Enorme, oscuro, ominoso, tan hermoso que daba miedo, poderoso, amenazante. Era casi imposible mirarle a la cara, pero tampoco podía apartar la vista. Y le conocía. De toda la vida. Pero no podía ser él. Había cambiado mucho, hasta quedar casi irreconocible, y no tenía sentido que estuviera allí. ¿Qué podía estar haciendo en Chicago? Estaba segura de que jamás volvería a verle. ¿Acaso su cerebro le estaba jugando una mala pasada? Y si era así, ¿por qué tenía que ser Rashid Aal Munsoori?

Poco a poco, recuperó el sentido de la realidad. Los sentidos dejaron de engañarla. No había lugar a dudas. Era Rashid, esa presencia constante, aunque remota, durante los primeros diecisiete años de su vida; el hombre del que siempre había estado enamorada. Estaba frente a los otros dos atacantes, como un pilar indestructible. Su rostro parecía esculpido en piedra, mayestático. Llevaba la cabeza afeitada casi al cero y su cuerpo glorioso parecía moverse al ritmo del viento bajo un abrigo largo que ondeaba a su alrededor como si fuera acompañado de un enjambre de oscuras criaturas.

Los asaltantes se recuperaron, arremetieron contra él con sus navajas y cuchillos. Una ola de pánico se apoderó de Laylah. Sin inmutarse apenas, Rashid se movió con agilidad y los neutralizó con un mínimo movimiento. Los brazos y piernas de los malhechores se movían erráticamente, haciendo una coreografía marcada con precisión. Su método era impecable, implacable. Era como una especie de demonio vengador que castigaba a esas criaturas deleznables. Para cuando Laylah se puso en pie, Rashid tenía a los hombres acorralados contra el edificio. Uno de ellos había perdido la consciencia y el otro se revolvía furiosamente, dando patadas de impotencia. Más allá del agudo gemido del viento nocturno, Laylah oyó el sonido de su voz. No parecía humana. Durante una fracción de segundo pensó que era de otro mundo, que había… algo dentro de él, algo que reclamaba la vida de esos hombres.

—¡Los vas a matar!

Al oírla gritar, se volvió.

Laylah sintió auténtico horror al ver su rostro. La carne se le puso de gallina.

¿Qué le había pasado? Apenas le recordaba al hombre con el que llevaba toda la vida obsesionada. Sus pupilas eran dos abismos casi sobrenaturales, y sus rasgos exhibían una ferocidad serena y terrible que ponía los pelos de punta. Era una bestia que solo sabía matar.

Y esa cicatriz…

—¿Y?

Laylah tembló. Su voz… completaba aquella estampa infernal. No había duda. Un demonio horripilante se había apoderado de él, ocupaba su cuerpo y lo había transformado por completo. Le utilizaba para satisfacer sus deseos más perversos; usaba su voz para trasmitir toda esa oscuridad, esa rabia. Ese hombre que alguna vez había sido Rashid hablaba muy en serio. No sentía remordimiento alguno ante la idea de matar. No había forma de apelar a la compasión de un ser como ese. No había misericordia en su interior. De eso estaba segura. Y tampoco podía valerse del miedo a las consecuencias. La entidad que tenía delante no sentía miedo por nada. No había nada más que violencia y venganza dentro de él. Era como si hubiera aparecido de la nada, para castigar a los criminales y no para salvarla a ella.

Lo único que quedaba era apelar al sentido de la lógica.

–No hay necesidad –le dijo, haciendo un gran esfuerzo para formular las palabras–. Ya les has dado una paliza de muerte. Todos van a pasar una buena temporada en el hospital.

–Curarles sería una gran pérdida de recursos. Creo que debería ahorrarle a la sociedad el coste de su existencia –se volvió hacia el hombre que tenía sometido. El individuo se retorcía y se quejaba–. La escoria como esta no merece vivir.

–Una sentencia de muerte es demasiado para el crimen que han cometido, ¿no crees?

–Querrás decir para los crímenes que han cometido hasta ahora, ¿no? –dijo Rashid, sin dejar de mirar al hombre–. Seguramente hubieran terminado matándote.

–No, hombre… –el individuo se estaba atragantando. Había terror en su mirada–. Solo íbamos a secuestrarla para… pedir un rescate. Un hermano la reconoció… Sabía que era una princesa… de uno de esos países podridos en petrodólares… Nos dijo que… conseguiríamos… mucha pasta. No íbamos a hacerle daño… ni le íbamos a poner una mano encima… –escupió cuando Rashid le apretó más la garganta–. Lo… juro. Danny perdió un poco la cabeza cuando ella le golpeó… y probablemente le hayas matado por eso… Pero yo no le hice nada… No me mates. Por favor.

A pesar de todo, Laylah no podía sentir sino pena por esa criatura patética, encerrada en el cuerpo de un bruto. Rashid, en cambio, parecía ajeno a todo y a todos. Laylah se dio cuenta de que solo le quedaba una carta que jugar. Se atrevió a tocarle el brazo. Nada más hacerlo, se encogió. Quiso retroceder. Incluso a través de toda la ropa, una corriente de electricidad contraía esos músculos de acero que parecían cables de alta tensión.

–¿No prefieres que vivan para que sufran las consecuencias de sus actos? Seguro que los has dejado a todos lisiados de por vida.

Su mirada oscura se volvió hacia ella de nuevo. Era como si la viera por primera vez. De repente abrió los puños. Los hombres, ambos inconscientes ya, cayeron al suelo como dos sacos de arena. Una ola de alivio la recorrió por dentro. El aire frío le llenó los pulmones. Rashid había matado antes. Pero lo había hecho como soldado, en tres guerras. Esa vez hubiera sido distinto, y no podía llevar la muerte de esos hombres sobre su consciencia.

Él se incorporó y contempló la escena. Laylah veía que por fin había recuperado el control. Había vuelto a ser ese caballero del desierto, moderno y digno, que tenía el mundo a sus pies. Sacó el teléfono móvil y llamó a la policía y a una ambulancia. Se volvió hacia ella.

—¿Te hicieron daño?

Al oír su pregunta, Laylah sintió las marcas de las manos en los brazos y la espalda. Pero el epicentro de dolor estaba en el lado izquierdo de su mandíbula. Se tocó la zona dolorida de manera instintiva. Él la agarró del brazo y la hizo caminar hasta una farola. Una vez quedaron bajo el círculo de luz, le quitó la mano de la cara y la examinó atentamente.

—A lo mejor les mato después de todo.

—¿Por un buen gancho de derechas?

—Eso solo fue el comienzo. Te hubieran dejado heridas y cicatrices de por vida. Sí que merecen morir —echó a andar.

Ella le agarró del brazo, como si pudiera detenerle.

—Tranquila. Solo voy a hacer que deseen haber muerto.

—¿Y qué tal si dejas que la policía se ocupe de ello?

—¿Vas a dejarles que se salgan con la suya?

—Simplemente quiero creer en la justicia y en un castigo justo.

Esa mirada aterradora escupió llamaradas de fuego.

—¿Y qué sería un castigo apropiado por haber secuestrado y golpeado a una mujer, tal vez con intenciones de matarla?

Laylah se mordió el labio al pensar en lo que podría haber ocurrido si él no hubiera intervenido.

–Nada de eso llegó a pasar.

Dando el tema por zanjado, Rashid se volvió hacia los matones. Y fue en ese momento cuando Laylah lo vio. Había una mancha húmeda bajo su abrigo.

Le agarró del brazo y tiró de él hacia la luz. Él se apartó bruscamente, tanto así que Laylah tuvo que volver a agarrarle para recuperar el equilibrio. Al tocarle sintió el calor inconfundible de la sangre en las manos. Las apartó rápidamente. Se miró las palmas, totalmente manchadas de rojo. Levantó la vista, horrorizada.

–¡Estás herido!

Él levantó la vista de sus manos. Se miró la herida y entonces la miró a los ojos.

–No es nada.

–¿Nada? –exclamó Laylah–. ¡Estás sangrando! *Ya Ullah*!

–Es solo un rasguño.

–¿Un rasguño? Tienes todo el lado izquierdo empapado de sangre.

–Espero que no te vayas a desmayar ahora.

Se quitó la bufanda y le presionó la herida. Él se puso rígido. Le cubrió las manos con las suyas, como si quisiera apartarlas.

Ella se apoyó contra él, y le acorraló contra la pared del edificio.

–Tenemos que aplicar presión.

Él se quedó quieto. La miró fijamente. Su cara era un enigma. ¿Estaría a punto de desmayarse?

La hizo quitar las manos. Se tapó la herida con las suyas propias.

–Ya lo hago yo. Puedes irte si quieres.

Sin entender muy bien lo que pasaba, Laylah sacudió la cabeza. Las manos, completamente cubiertas de sangre, le temblaban sin parar.

–No voy a ir a ninguna parte que no sea a urgencias, contigo.

–Como yo no voy a ir a urgencias, el único sitio al que puedes irte es a casa.

Al ver que ella sacudía la cabeza con testarudez, le habló en un tono más duro.

–Llévate mi coche. Mis guardaespaldas te escoltarán hasta casa. Saldrán contigo para asegurarse de que todo está en orden y harán guardia hasta que sepamos que los secuestradores no tenían otro plan ante estas contingencias.

Como ella no se movió ni un milímetro, soltó el aliento con exasperación.

–Vete ahora, antes de que llegue la policía. Ya has pasado bastante gracias a esos bastardos. Vete y olvida que esto ha pasado.

–No puedo y no te dejaré. Y sí que vas a ir a urgencias. ¿Es ese tu coche? –señaló el imponente Mercedes.

Él asintió con la cabeza.

–Me detuve para mandar un archivo desde el teléfono.

–Y entonces viste que me atacaban.

Él no volvió a asentir con la cabeza. Su mirada se hizo tajante.

–Dame las llaves.

Él levantó una ceja con chulería.

–Te voy a llevar a urgencias.

–No puedo abandonar la escena del crimen. La policía estará aquí dentro de unos minutos.

–Pueden tomarnos declaración en urgencias. Podrías sufrir una hipotermia en estos minutos.

–No me pasará nada. He sufrido heridas muchísimo peores, y las he aguantado durante días en unas condiciones que hacen que esto parezca un paraíso tropical.

Ella sabía que no exageraba. No podía ni imaginarse lo que habría pasado en la guerra. No soportaba pensar en la clase de heridas que le habrían dejado esa horrible cicatriz que le cortaba la carne como una serpiente furiosa, desde el ojo izquierdo, bajando por la mandíbula, el cuello… y más abajo aún.

Rashid vio que se fijaba en la cicatriz.

–Como ves, he sobrevivido a cosas mucho peores. No te preocupes por este rasguño.

Todas las palabras posibles se congelaron en los labios de Laylah.

–¿No me reconoces? –le preguntó.

Él levantó la ceja de nuevo.

–¿Necesito conocer a alguien para acudir en su ayuda?

–No es eso lo que quiero decir.

Era evidente que no la había reconocido.

–Claro que te he reconocido –dijo él de repente–. Al igual que el desgraciado que mandó a esos matones. Eres más reconocible de lo que crees, princesa Laylah.

Laylah guardó silencio un momento. Sí que la reconocía entonces… Ya no quedaba casi nada de la persona que había sido en otro tiempo. Llevaba gafas, además, por aquel entonces. Él siempre la había hecho sentir invisible, como si no pudiera verla. Su mirada la atravesaba de lado a lado, tal y como traspasaba a todos los demás. Incluso en ese momento, no había ninguna señal en su actitud que indicara que la reconocía. Aquel hombre reticente y reservado se había vuelto impenetrable.

—Te he visto muchas veces por la ciudad antes de esta noche.

—¿Me has visto? ¿Dónde?

—Tengo oficinas en este edificio. Y también sueles frecuentar los restaurantes a los que voy.

Todas las piezas encajaron de repente. Todo cobraba sentido. Él era la presencia que había sentido. Y no se había acercado a ella hasta que no le había quedado más remedio que hacerlo, para salvarle la vida, nada menos. Siempre había sabido que Rashid era un sueño, y se había convertido en algo imposible cuando les había dado la espalda a sus primos para aliarse con el enemigo.

—Si secundas mi declaración de que me atacaron a mí y no a ti, iré a urgencias.

—No puedo dejar que cargues con esto.

Esos hombros tan intimidantes apenas se movieron.

—En comparación con todo lo que tengo que cargar a diario, esto no es nada.

Laylah podía dar fe de ello. Rashid había creado

de la nada un imperio empresarial en un tiempo récord.

–Muy bien –la tensión que atenazaba la noche
cedió–. Pero solo si me dejas llevarte a urgencias
–añadió ella.

De repente le devolvió la bufanda ensangrenta-
da. Ella la agarró a duras penas.

Él sacó un bolígrafo y un pequeño cuaderno de
un bolsillo interno del abrigo. Escribió unas cuantas líneas, rasgó el papel, se inclinó y lo pegó sobre
uno de los matones. El individuo se movió un poco.
Rashid le susurró algo al oído, le dio otra patada
que lo pegó al suelo de golpe… Se alejó.

Laylah le siguió con la mirada, sin saber qué hacer. ¿Se iba? En lugar de ponerse al volante, Rashid
rodeó el capó y se detuvo frente a la puerta del acompañante. Se inclinó sobre el techo del vehículo.

–¿Vienes?

Laylah echó a correr. Sus tacones de aguja gol-
peaban el asfalto con impaciencia.

En cuestión de segundos, estaba dentro del coche. Oyó sirenas en la distancia al tiempo que la
puerta se cerraba. Temblando, ansiosa por darle un
abrazo, se volvió hacia él.

–Gracias.

Él la ignoró.

Llegaron a urgencias en un abrir y cerrar de
ojos. Mientras aparcaba, él se volvió hacia ella.

–Ahora vete a casa. A partir de ahora tendrás el
coche con conductor a tu disposición en todo momento –dijo y se dispuso a bajar.

Ella salió a toda prisa y echó a andar detrás de él. Era difícil alcanzarle.

–Voy a entrar contigo.

Su mirada resultaba más espectacular que nunca en la cercanía.

–El trato era que me trajeras hasta aquí, no que me escoltarás hasta el interior del hospital.

Ella se aferró a su brazo.

–Bueno, este es un nuevo trato entonces.

–No tienes que darme las gracias por nada.

–No te estaba dando las gracias por salvarme la vida. Te daba las gracias por haberme dejado regatear con este asunto del trato. No vuelvas a ser ese superhéroe cansino que se empeña en esfumarse en mitad de la noche.

Después de mirarla fijamente durante unos segundos, él volvió la vista al frente.

Unos segundos más tarde estaban en la puerta de urgencias. De repente le pareció ver una mueca cruel y sensual en esos labios que tanto había amado.

¿Era una sonrisa? Era imposible saberlo. Nunca le había visto sonreír. Antes de que pudiera observarle mejor, él le dio la espalda y entró en el edificio.

Capítulo Dos

Rashid fue consciente de la presencia de Laylah en todo momento durante todo el proceso de admisión. No quería ni respirar para no dejarse distraer por el aroma de su perfume. La mirada se le iba hacia ella constantemente. Era como un imán.

Nadie había ejercido jamás un influjo tan poderoso sobre su voluntad, pero Laylah Aal Shalaan no era una chica cualquiera. Le llevaba ocho años de edad y recordaba muy bien el día en que había nacido; la primera mujer nacida en el seno de la familia Aal Shalaan en más de cuarenta años.

Por aquel entonces acababa de conocer a sus primos paternos y maternos, Haidar y Jalal, pero la amistad no había tardado mucho en forjarse; una amistad que duraría más de dos décadas. La había visto crecer. Y su gloriosa belleza había brotado como una flor, hasta hacerse casi dolorosa. Era injusto que fuera tan hermosa por fuera y horrible por dentro. Laylah era otro vástago más de una estirpe de serpientes.

Volvió a mirarla una y otra vez. Su pelo y sus ojos eran de color chocolate, con un ligero reflejo de luz. Su piel era de terciopelo, dorada como la miel, y su cuerpo era un derroche exuberante de vitalidad y feminidad. Pero lo más hermoso de todo era su rostro, digno de una diosa. Sin embargo, Laylah Aal Shalaan era la heredera de un clan de criminales crueles y harpías. Esa dulzura que se reflejaba en su rostro no podía ser real. Seguramente no era más que gratitud. En cuanto remitiera el miedo, desaparecería la humanidad, y entonces sería libre para pensar lo peor de ella, y podría tratarla en consecuencia, sin el más mínimo remordimiento.

–Voy contigo.

Al oír sus palabras, Rashid se volvió y arqueó una ceja. Estaba en la puerta de la sala.

Había hecho todo lo posible por mantenerla al margen ante la policía y había mentido con una precisión quirúrgica cuando los agentes le habían preguntado por el moretón de su mandíbula.

La doctora de urgencias salió.

–Solo pueden entrar familiares –se volvió hacia Rashid–. A menos que el paciente pida que esté presente.

–He llegado hasta aquí. Bien podrías dejarme entrar.

La mirada de Rashid le confirmó que había fracasado en su empeño. Le dio la espalda y entró en la estancia. La doctora le siguió y cerró la puerta. Unos treinta minutos después, Rashid seguía dentro.

–Sí que nos ha dado trabajo ese caballero suyo. No dejaba de ordenarnos que le suturáramos la herida, diciendo que tenía más experiencia en curar heridas que todas nosotras juntas. Pero la doctora Vergas le convenció para que nos dejara tratarle valiéndose de la única cosa que le haría ceder.

–¿Qué?

–Usted. Por supuesto.

–¿Qué?

–La doctora le dijo que si no la dejaba tratarle, la haría entrar en la sala. Con eso fue suficiente. Le permitió darle los puntos sin rechistar.

Laylah se quedó consternada. ¿Había accedido a dejarse tratar bajo la amenaza de tener que verla otra vez? ¿Era eso bueno, malo o terrible?

La enfermera suspiró con dramatismo.

–Incluso después de acceder, no quería quitarse el suéter. Solo se lo levantó. Pero con eso tuvimos de sobra… vaya –se abanicó la cara con la mano–. A lo mejor no hubiéramos sobrevivido si hubiéramos visto el paquete completo.

Laylah empezó a ponerse cada vez más nerviosa. La enfermera le estaba dando demasiada información, mucha más de lo que quería saber.

–Casi no parece humano. Primero, ese cuerpo que tiene, y después… No emitió ni el más mínimo sonido mientras le cosíamos. Se negó a que le pusiéramos anestesia local, y no quiso tomar analgésicos.

Laylah conocía muy bien esa actitud, por experiencia propia, pero…

–Gracias por la información y por todo, enfermera McGregor –dijo Laylah, esbozando una sonrisa nerviosa.

Entró en la sala sin más prolegómenos.

Tal y como le había anticipado la enfermera, Rashid estaba rodeado, pero no parecía preocupado. Solo llevaba puesto el suéter gris ensangrentado y el abrigo le colgaba de un dedo sobre la espalda.

La vio nada más entrar. De hecho, su mirada parecía estar fija en la puerta. ¿Acaso estaba esperando que entrara?

Rashid levantó una ceja con desparpajo. Se puso en pie y echó a andar. Al llegar junto a ella no aflojó el paso. Se limitó a asentir con la cabeza y salió por la puerta.

—No te marchaste.

Ella se apresuró y fue tras él.

—¿Creías que lo haría?

—Deberías haberlo hecho —le dijo él, mirándola de reojo.

—Sí, claro —la mirada de Laylah se desvió hacia el impecable vendaje blanco que llevaba por debajo de esa mancha viscosa del suéter. Sintió mareos. Con solo pensar que él había puesto su vida en peligro, por ella, se le revolvía el estómago—. ¿Te encuentras bien? —estaba sin aliento, pero no por tener que correr para mantenerse a su lado.

Él la miró con condescendencia. Le estaba dejando claro que era ella quien tenía problemas para seguirle, y no al revés.

—¿Es que aparento otra cosa?

—A veces las apariencias engañan. Sobre todo la tuya.

Rashid levantó ambas cejas esa vez.

–Ojalá hubiera sabido antes que tenía esos poderes camaleónicos. Me hubiera venido muy bien durante las misiones.

Laylah se aclaró la garganta.

–Me refería a tu piel. Es tan… –guardó silencio antes de decir hablar–. Cualquier persona estaría blanca como la leche tras una pérdida de sangre como la que has tenido.

Él apartó la vista, restándole importancia a sus palabras.

–Es evidente que nunca has visto lo que es sangre de verdad.

Laylah apuró el paso.

–Fui voluntaria en los servicios sanitarios de Zohayd mientras estaba en la universidad.

Rashid no fue capaz de esconder la sorpresa. ¿Era posible que no fuera la muñeca consentida en la que quería convertirla su madre?

–No puedo dejar de pensar en que podría haber sido mucho peor…

–Pero no lo fue. Ya puedes dejar de culparte –suspiró–. ¿Qué tengo que hacer para convencerte de que no me voy a desplomar en cualquier momento? Te aseguro que no tengo pensado hacerlo, por lo menos en los próximos cincuenta años.

Ese sentido del humor tan seco y corrosivo la dejaba fuera de onda.

–Eso te lo voy a recordar a la mínima oportunidad.

Él volvió a mirarla de reojo, pero no dijo nada más. Salieron al exterior. La noche era fría.

Laylah resistió el impulso de tomarle de la mano mientras cruzaban la calle. Al llegar al coche, rodeó el capó y subió directamente por el lado del conductor. Él arqueó las cejas una vez más, y permaneció fuera, frente a la puerta del acompañante, con gesto de estupefacción.

Ella bajó la ventanilla.

–Sube.

Él siguió allí de pie, como si el viento helado no le cortara la piel. Su abrigo parecía flotar a su alrededor, como la capa de un mago.

–¿Prefieres conducir antes que darme instrucciones?

Laylah pensó en decir que sí, solo para que subiera al vehículo. Levantó la mirada con una intención clara.

–Te voy a llevar a ti a casa.

Rashid se metió las manos en los bolsillos. Evidentemente no tenía problema en seguir discutiendo el asunto durante toda la noche.

–Nuestro trato terminaba una vez hubieras visto con tus propios ojos que mis heridas no eran nada serio.

–Entonces la herida no fue nada en comparación con aquello a lo que estás acostumbrado, ¿no? Y la pérdida de sangre fue un mero juego de niños. Pero esos puntos te tienen que doler terriblemente, sobre todo porque te negaste a ser anestesiado y a tomar analgésicos. No pienso dejarte en casa sin más. Voy a entrar contigo.

Eso fue suficiente para silenciarle de una vez por

todas, por lo menos durante los treinta segundos siguientes.

Él la miró directamente a los ojos.

–He estado en tres guerras, princesa, y en muchos conflictos más que ya casi he olvidado, por no hablar de todas esas misiones en las que solo llevaba un billete de ida, porque volver de una pieza era una posibilidad entre un millón. He visto y hecho cosas terribles, inimaginables, y me las han hecho a mí. Veinticuatro puntos casi me arrancan una sonrisa nostálgica ahora que he dejado el campo de batalla a favor de la sala de juntas, así que puedo asegurarte que soy capaz de meterme en la cama y arroparme yo solito.

La imagen suscitó un calor repentino que se apoderó de Laylah. ¿Cuántas mujeres habían luchado por tener ese privilegio? ¿Cuántas habían disfrutado de ese placer?

Se mordió el labio.

–Seguro que puedes llevar el peso del planeta sobre tus espaldas pero eso no significa que tengas que hacerlo, o que tengas que hacerlo solo. Esta noche no vas a estar solo. Tienes esos puntos por mí, por defenderme, así que también son míos, y tengo todo el derecho a decidir sobre ellos. Sé que no necesitas nada de nadie. Está claro que sabes cuidar muy bien de ti mismo. Llevas toda la vida haciéndolo. Pero esta noche yo cuidaré de ti.

***

23

Claramente Rashid no daba crédito a lo que oía. Le sonrió, pero antes de que pudiera decir una palabra más, él ya había subido al coche.

Después de cerrar la ventanilla, mantuvo la vista al frente. Ni siquiera esa fea cicatriz lograba estropear un rostro tan bello. Laylah solo podía quejarse de su pelo. Se lo había rapado casi al cero.

Arrancó el coche, encendió la calefacción y volvió la vista al frente.

—Necesitaré que me indiques.

Sin decir ni una palabra, Rashid programó el GPS y volvió a recolocarse en el asiento.

Estaba jugando a ignorarla. Pero ella también sabía jugar. Veinte minutos después, mientras el coche avanzaba por las calles semidesiertas, Laylah se dio cuenta de que tampoco era tan fácil seguirle el juego.

De repente notó su mirada disimulada. Apartó la vista de la carretera una fracción de segundo, se la devolvió y entonces vio algo que no había visto antes, una expresión desprevenida…

—Sabes que eso ha sido chantaje.

Laylah sintió que el pelo se le ponía de punta.

—Yo prefiero llamarle persistencia, en respuesta a esa resistencia tuya sin sentido.

—Mi resistencia sí que tenía sentido. Simplemente era inútil.

Ella sonrió de oreja a oreja, mirando al frente.

—Desde luego. Pero, dime, ¿qué sentido tenía?

—Conseguir que no te quedaras conmigo, porque no es apropiado.

—Oh, no. No estarás anteponiendo las tradiciones de nuestro país… Todo eso sobre lo que es un comportamiento decoroso para la mujer, y ya no hablemos de esa pulcritud pudorosa que se espera de la pobre solterona estigmatizada –añadió en un tono corrosivo y sarcástico.

–Tú no eres una solterona.

Ella se rio a carcajadas.

–Eso se lo dices a mi familia, sobre todo a mi querida madre. A su modo de ver, llevo más de diez años siendo una solterona.

–Hace diez años eras una cría de diecisiete años.

Laylah se quedó estupefacta. Sabía cuál era su edad.

Trató de no sonreír.

–Y por aquel entonces ya se me había pasado el arroz. Ya sabes que en el lugar de donde venimos, las chicas tienen que ganarse el interés de los hombres mucho antes.

–¿Por qué no te parece indecorosa esta situación?

Laylah se preguntó si estaba hablando en serio.

–¿Porque no estamos en Azmahar o en Zohayd?

–Nuestro comportamiento no debería cambiar según la geografía. Estemos donde estemos, seguimos siendo los mismos. Tú, más que cualquier otra persona, deberías observar y respetar esas tradiciones. Tal y como has podido comprobar esta noche, no están ahí solo para limitar tu libertad, sino para protegerte.

–No me vas a cargar con la responsabilidad de lo ocurrido esta noche. Ha sido un incidente aislado.

–Pero tú no puedes permitírtelo. Ni tampoco te puedes permitir el lujo de prescindir de los guardias porque te cortan el rollo –añadió Rashid, utilizando ese lenguaje tan informal con sarcasmo.

–¿Crees que es ese el motivo por el que no llevo guardaespaldas? Al parecer no estás al tanto de los últimos acontecimientos.

–Bueno, ¿por qué no me pones al día?

–Claro. ¿En qué parte del culebrón de la vida de mi familia te quedaste? Ya sabes el principio de la historia, cómo empezó todo el lío. Dos hermanos que se casaron con dos hermanas para unir dos reinos, y que en vez de conformarse con una riqueza envidiable, un estatus mayestático e hijos sanos, se convierten en los enemigos más acérrimos.

–Al final te diste cuenta de cómo eran las cosas entre tus padres y tus tíos.

–Cuando entendí quiénes eran en realidad.

El hecho de que lo supiera desde siempre pareció despertar su interés.

–Y entonces todo llegó a un explosivo final cuando mi madre y mi tía se confabularon en contra de sus maridos. Las apresaron, se divorciaron de ellas y las desterraron en el exilio. Y ahí es donde entra el asunto de los guardaespaldas. Durante toda mi vida, hasta el momento del exilio, mi madre ha estado obsesionada con una sola cosa. Lo único que le ha preocupado durante toda su vida es que la grandiosa princesa Somayah de Azmahar no puede terminar relegada a un estatus aristocrático de segunda.

»Para ella no basta con ser la hermana de la reina Sondoss de Zohayd. No basta con estar casada con el hermano del rey Atef. Tenía a un pequeño ejército de guardias pisándome los talones para asegurarse la baza que, a su modo de ver, la ayudaría a ganarse la alianza que la elevaría en estatus hasta situarla al mismo nivel que su hermana, y que le permitiría dejar de depender de la familia de mi padre. Mi padre, que siempre ha estado rodeado de amantes cazafortunas, mandó a sus propios guardaespaldas para quitar de en medio a los de mi madre y así echar más leña al fuego de la disputa.

»Una vez terminó esa relación tan tóxica que mantenían, me desterraron de sus mentes. Dejé de existir para ellos. Y así he estado sin escoltas desde que abandoné Zohayd.

Rashid apretó la mandíbula.

—¿Por qué no acudiste a tu tío Atef o a tus primos? ¿Por qué no contratas protección tú misma?

—No me gusta pedirle nada a nadie, y mucho menos protección. Y aunque mi negocio de software ha despegado bien, mis ganancias todavía no dan para tanto. Además, realmente pensaba que no necesitaba protección. Vine a este lugar para empezar una nueva vida. Alguien ha decidido hacerme daño. Y me alegró mucho de que hayas aparecido tú.

Hubo un momento de silencio.

—Como princesa de Zohayd —dijo él por fin—. No puedes estar sin protección. Nunca deberías estar con un hombre extraño, y ya no digamos ofrecerte a llevarle a casa.

–Tú sí que eres extraño –le dijo ella, sonriendo–. Pero no eres un extraño.

–No soy un completo extraño, pero tampoco soy un conocido.

–Oh, vamos, Rashid. No me vayas a decir que necesito un *mehrem*.

Un *mehrem* era un pariente varón, adulto y de confianza, que debía estar presente cada vez que se reuniera con hombres jóvenes o pretendientes.

–¿Por qué no dejas comportarte como si no nos conociéramos?

–No nos conocemos.

–Sí, claro. Te conozco desde que nací.

–Me has conocido en la distancia durante la mayor parte de ese tiempo.

–Sí, claro, durante diecisiete años. Y lo de la distancia fue gracias a ti. Desde luego no es que yo no haya intentado acercarme.

Laylah recordó aquella época, cuando hacía lo indecible por estar cerca de él. Hacía todo lo posible por quedarse en Azmahar y buscaba cualquier oportunidad para hablarle. Sin embargo, a pesar de todo ese ingenio, podía contar con los dedos de la mano las veces que habían cruzado alguna palabra. La única cosa que le servía de consuelo era pensar que él era así con todo el mundo. Tras su alistamiento en el Ejército, sus visitas se habían hecho cada vez más esporádicas, pero ella seguía estando ahí cuando aparecía por la capital. Sin embargo, al estallar la guerra entre Azmahar y Damhoor había desaparecido… Le había creído muerto durante mucho tiempo. Laylah frunció el ceño al recordar aquellos días. Jamás había conocido semejante desesperación.

A su regreso, no la dejaron ir a recibirle con Haidar y Jalal, pero sí que asistió a la ceremonia en la que le concedieron la medalla del valor de Azmahar.

Recordaba haberle tendido una pequeña emboscada para poder felicitarle, pero él se había mostrado más frío y distante que nunca... Y poco después desaparecería de la faz de la Tierra... Y no volvería a aparecer hasta tres años antes, con las revueltas de Zohayd, pero para entonces ya se había convertido en el máximo enemigo de sus primos, Haidar y Jalal. Nadie sabía muy bien qué había pasado entre amigos tan cercanos para provocar una disputa tan descarnada.

El GPS anunció que habían llegado a su destino. Deteniendo el coche, Laylah miró a través del parabrisas. ¿Vivía en un almacén?

–Ahora que me has traído a casa, haré que te lleven a la tuya.

Ella sacó la llave del contacto y se la entregó. Él no quería tomarla en las manos, así que se la puso sobre el regazo y se desabrochó el cinturón de seguridad.

–¿Qué parte es la que no has entendido? Creo que te dejé muy claro que esta noche me quedo contigo.

–Esto es porque eres una Aal Shalaan, ¿no?

–¿Qué?

–Siempre esperas que los hombres te obedezcan. Si dices que salten por una ventana, ellos van y saltan sin rechistar, ¿no?

–Invítame a entrar, Rashid.

–Esa exigencia no va muy bien encaminada, princesa.

–¿Quieres dejar esa tontería de princesa de una vez? No querrás que empiece a llamarte jeque, ¿no? ¿Podemos entrar? Me muero por una taza de té. Te prepararé una.

–Yo no bebo té.

–Tendrás que tener alguna otra bebida en casa.

–Agua del grifo.

–No me vas a disuadir, ¿sabes? Y lo próximo que vas a decirme es que no tienes nada que comer excepto dátiles secos.

–Tampoco está tan lejos de la verdad.

–Agua y dátiles, por favor.

–Muy bien. Ven y entra… Hasta que llegue tu escolta.

Antes de que pudiera objetar algo, él salió del coche con un movimiento rápido. Laylah, en cambio, no bajó con gracia precisamente. Se apresuró para alcanzarle.

El lugar era un almacén abandonado situado debajo de un edificio de ladrillo que parecía una antigua fábrica. Él apuntó un mando a distancia en dirección hacia una enorme puerta de acero.

–¿Ves? –dijo ella, mirando a su alrededor–. No hay absolutamente nadie, nada que ver con nuestro país. No hay ojos maliciosos entrenados para monitorizarte, ni lenguas viperinas que escupen veneno. ¿Qué te preocupa tanto?

–¿Por qué no estás preocupada tú?

–Porque no puedo preocuparme de nada cuando estás conmigo. Contigo me siento más segura de lo que jamás me he sentido. ¿Por qué si no?

–¿Crees que no supongo ningún peligro para ti?

–Definitivamente para mí no.

Apretó un botón del mando a distancia y la puerta se abrió con un leve ronroneo igual al de una máquina bien engrasada. Esa apariencia desvencijada engañaba.

Le vio adentrarse en la negrura de su guarida. La luz de las farolas arrojaba sombras fantasmagóricas sobre su espalda. Dejó las luces apagadas seguramente para incomodarla.

–Que se haga la luz, Rashid –le dijo, decidida a dejar claro que sus esfuerzos por intimidarla eran inútiles–. Solo para que no vayamos a rompernos un dedo del pie contra algún mueble.

Y se hizo la luz, no de repente, sino de forma gradual. Un resplandor dorado lo iluminó todo a su alrededor. En efecto era un almacén, con un altísimo puntal y reconvertido en ático. Era eso la morada de un guerrero, humilde, utilitaria, austera.

–Cómo no.

Al ver que él se volvía hacia ella, se dio cuenta de que había hablado en alto.

–Ahora que he visto este sitio, me doy cuenta de que no podrías haber tenido nada más, y nada menos.

Rashid se quitó el abrigo y se adentró.

Laylah se quitó el abrigo también y fue tras él. Rashid se detuvo frente a la chimenea y recogió unos troncos. Ella extendió los brazos, invitándole a dárselos.

—Ya lo hago yo. Siéntate.

—¿Qué será lo próximo? ¿Arrodíllate? ¿Suplícame?

Laylah dejó escapar una carcajada.

—A lo mejor. Incluso los superhéroes tienen que tomarse un descanso de vez en cuando. Y eso es lo que tú vas a hacer esta noche.

Sin esbozar el más mínimo atisbo de sonrisa, él le entregó los troncos y la dejó que hiciera el fuego. Se sentó encima de un kílim de lana tejido con los colores de la bandera de Azmahar. Apoyándose en uno de los cojines a juego, se dedicó a observarla cual pantera que acecha a su presa. Una vez encendió el fuego, se volvió hacia él.

—¿Tienes hambre?

—La tengo.

Caminó hacia la cocina abierta que estaba situada al fondo del amplio espacio único.

—Bueno… Comida. Por favor, dime si voy a encontrar algo que no sea agua y dátiles.

—Todavía puedo llamar a alguien para que te lleve a casa ahora, y no luego.

—No, gracias —al llegar a la cocina, miró a su alrededor—. No estabas exagerando, ¿no? ¿No hay nevera? ¿Es que vives a base de pizzas y comida china? ¿Viene una cocinera todos los días?

—No tengo cocinera. Me traen los alimentos frescos cada día. Lo consumo todo, friego y vuelta a empezar.

Laylah se inclinó sobre la isla y le observó mientras se acercaba a ella.

—Bueno, ¿dónde está la comida de hoy?

—Hoy iba a cenar fuera.

Laylah se aclaró la garganta.

—Seguro que puedes pedir que te traigan algo ahora mismo.

Él se quedó mirándola durante unos segundos que parecieron una eternidad. Laylah empezó a ponerse nerviosa…

—Muy bien. Haré que nos traigan todos los ingredientes que necesites. ¿Qué quieres darme de comer? Laylah sonrió de oreja a oreja.

—¿Qué quieres comer?

Él llamó a alguien llamado Ahmad, le dio el teléfono en la mano y entonces se alejó.

—Sorpréndeme —le dijo por encima del hombro—. Después de todo, se te da muy bien, ¿no?

Rashid observaba a Laylah mientras deambulaba por la cocina, preparando la comida, cuidándole… En ese momento estaba haciendo el postre.

Llevaba dos horas buscando esos signos de maldad tan esperados, pero ya empezaba a flaquear en su empeño. Saboteaba sus propios planes sin parar. En vez de aprovechar esa oportunidad fortuita, trataba de huir de ella.

Había hecho todo lo posible para apartarla de

su lado, a pesar de llevar semanas siguiéndola, planeando el acercamiento. Ella había tenido que insistir una y otra vez para que la dejara acompañarle, cuando en realidad debería haber sido él quien lo sugiriera.

Lo había intentado todo para disuadirla, para que rehusara darle aquello que había planeado quitarle a base de manipulación. Nada estaba saliendo según el plan, pero las cosas iban mucho mejor de lo que jamás hubiera podido imaginar.

Y eso le inquietaba sobremanera. Nunca se había encontrado en una situación como esa. Siempre había tenido un plan y lo había seguido al pie de la letra, sin obviar el más mínimo detalle. Incluso cuando todo parecía improvisado, se trataba en realidad de una estrategia en la que todo estaba controlado. La única vez que no se había ceñido al plan, la improvisación casi le había costado la vida.

Ella le regaló una sonrisa y siguió preparando los alimentos, canturreando una cancioncilla animada.

A lo mejor estaba pensando demasiado. A lo mejor no debía cuestionar tanto la buena suerte que había tenido. La vio venir hacia él. Sus movimientos eran femeninos, espontáneos. Su rostro era un libro abierto, y la sonrisa que dibujaban sus labios trasmitía algo que nunca hubiera esperado ver en ellos. Había auténtico placer en ese rostro, por estar a su lado. No era gratitud. Era algo más. ¿Cómo era posible?

–He descubierto algo que no se te da tan bien.

Al oír esa declaración triunfal, Rashid levantó la mirada. Delante tenía un bol vacío. No había dejado ni el más mínimo resto de comida.

–Las matemáticas –añadió ella–. Has contado mal a las féminas de la familia Aal Shalaan. Son tres y lleva un tiempo siendo así.

–Ah, claro. Desde que apareció Aliyah, la reina de Judar. He oído que ella también ha perfeccionado el arte de embaucar y someter a hombres fuertes e indestructibles.

La sonrisa de Laylah se hizo mayor.

–Si te refieres al rey Kamal, te aseguro que el embaucamiento y el sometimiento son recíprocos.

–Lo que tú digas.

Ella le quitó el bol de las manos.

–No tienes que creerte mi palabra. Basta con verlos una vez para saber que los dos están igual de encandilados.

Inclinándose contra la pared del comedor, Rashid cruzó los pies a la altura del tobillo.

–Las mujeres como Aliyah pueden causar estragos nunca vistos.

Sus ojos la desafiaron, pero ella se limitó a extender una mano hacia él. Él bajó la vista, pero no se la tomó.

Retiró la mano, pero él se la agarró en el último momento, sorprendiéndola. Se puso en pie. Estaba tan cerca y era tan alto… Su sombra y su aroma la rodearon. Durante una fracción de segundo creyó que iba a… Pero él se quedó allí, de pie, contemplando sus manos unidas, y entonces las levantó.

–¿Qué quieres que haga ahora?

Laylah le condujo de vuelta a la chimenea y le hizo sentarse. Regresó a la cocina y le llevó una taza de té de hibisco. Él aceptó la bebida, sosteniéndole la mirada en todo momento.

Se sentó a su lado con una sonrisa juguetona.

–No sé qué pensar de esos cumplidos que me has hecho –le dijo con ironía–. Me has metido en el saco de las mujeres como Aliyah. Celebras que la reina de Judar se haya redimido al final, que no se haya convertido en un arma de destrucción masiva, a diferencia de mí, ¿no? Esta manzana podrida no tiene remedio, ¿no es eso? –añadió.

Rashid levantó su taza y brindó por lo que acababa de decir.

–Si mi resumen te ofende, te pido disculpas.

Laylah se rio de nuevo.

–Solo aceptaré las disculpas si dejas de dar rodeos. Es todo lo que voy a pedirte, que seas sincero conmigo. Siempre. Yo siempre seré sincera contigo.

Transcurrieron unos segundos hasta que Rashid levantó la vista de la taza.

–Si crees que estás a la altura…

–Oh, estoy a la altura de muchas cosas, pero tú no tienes ni idea. De hecho, espero que tú estés a la altura.

–¿Acaso crees que no? –le preguntó él, atravesándola con esos ojos abrasivos–. Yo intenté tener un poco de mano izquierda. Intenté una estrategia poco agresiva, por la cuenta que me traía… He oído que las de tu especie sobrevivís a base de adulación y pretensión, y no me apetecía tener que salvarte de nuevo si la verdad te provocaba un choque anafiláctico.

Laylah arrugó los labios y dejó escapar un silbido. Él continuó observándola, impasible, desde detrás del borde de la taza, bebiendo un sorbo de vez en cuando.

Se arrodilló frente a él.

–Señor, creo que no ha juzgado bien a las de mi especie. Es comprensible, no obstante. Como yo soy el único miembro de la misma, aún no hay mucha documentación. La oveja negra de Aal Shalaan, de la cual dices no saber nada. Supongo que soy yo quien lo sabe todo. Apuesto a que nunca reparaste en mi existencia antes de esta noche.

Rashid la fulminó con una mirada negra.

–¿Entonces sí que te habías fijado en mí? ¿Y sigues pensando que era una consentida? ¿Te pareció que mi familia me consentía? ¿Te pareció que lo hacía mi madre, cuando me tenía atada en corto? ¿O quizás mi padre, siempre inventándose cualquier excusa para no tener que concederme ni cinco minutos de su tiempo? ¿O es que me consentían cuando me usaban como una mera ficha en sus maniobras y estrategias, o como arma arrojadiza en sus guerras particulares?

Rashid frunció el ceño. Guardó silencio.

–O a lo mejor pensabas que era una consentida porque mis primos no me zarandeaban como hacían entre ellos.

–No se libra ninguno de los que te colocaron en

esa posición, sobre todo porque eran hombres. No me puedes negar que la situación de los Aal Shalaan va en contra de todo aquello en lo que creemos en nuestro país. Como solo había hijos varones en la familia, ocurrió justo lo contrario a lo que suele pasar. Las mujeres se convirtieron en un valioso tesoro. Tu tía Bahiyah tuvo ese papel durante décadas. Y después llegaste tú.

A Laylah se le pusieron los pelos de punta al oírle decir esas palabras. Pero la cosa no hizo más que empeorar cuando se le acercó. De repente se vio envuelta en su vigor y virilidad.

Él simplemente puso la taza en el suelo entre ellos.

—Esa fue la única cosa que hizo que tu familia tolerara a la harpía de tu madre. Solo ella pudo obrar el milagro de darle una hija a la familia Aal Shalaan.

Laylah hizo una mueca.

—¿Harpía? —se rio—. Es una buena descripción. Aunque en todo lo demás, debes de estar hablando de un universo paralelo. En este en el que estamos, yo nunca percibí nada de tolerancia hacia mi madre. No es que culpe a nadie. Mi madre, tal y como has apuntado con tanta precisión, es intolerable. Pero tampoco he notado nunca que me guardaran como oro en paño por ser una rareza. De hecho, más bien he experimentado justo lo contrario. No me lo he pasado precisamente bien flotando en ese océano de testosterona.

—Supongo que debió de tener sus desventajas.

Ella se rio sin alegría esa vez.

–Durante mis primeros diez años de vida, no lograba entender por qué no era un chico, y después pasé a no aceptar el hecho de que no lo era. Traté de convertirme en uno más por todos los medios, para encajar. Mi madre hizo todo lo posible por hostigarme, tanto emocional como físicamente. Y entonces llegó la pubertad y empecé a encontrarle ventajas a eso de ser una chica. Pero esas ventajas no lograron compensar las cosas malas. Era una gran decepción para todo el mundo.

»No era hombre, pero tampoco era la clase de mujer que tenían en mente. Cuanto mayor me hacía, más me despreciaban mi madre y mi tía por no haber heredado esos genes refinados suyos, más me odiaban por tener el aspecto y el temperamento de los Aal Shalaan. Estaba manchada por mi sangre Aal Shalaan, tal y como me dijo mi madre cuando trataba de borrar todo rastro de mi ascendencia paterna. Y aunque lograron reformarme bastante mientras me tuvieron bajo su yugo, en cuanto me dejaron a mi libre albedrío, volví a las andadas.

–Así que tu madre y tu tía no lograron convertirte.

–No. Para mayor frustración de las féminas de Aal Shalaan, yo seguí siendo ese ser inferior y humano con muchísimos defectos abominables. Y los peores de todos eran esos que tuviste ocasión de ver esta noche.

–¿Como esa testarudez y esa obstinación?

–Les daría algo si oyeran a alguien describiéndome de esa manera. Su rechazo hacia mi persona se basaba en lo que ellas consideraban fallos importantes en los cimientos de mi carácter. En sus propias palabras, «una falta total de discreción, intuición y astucia, y una carencia genética de porte, presencia e influencia».

Había memorizado muy bien aquellas palabras. Se las habían dicho en tantas ocasiones…

–Es evidente que no te conocían muy bien.

–¿Te importa que me lo tome como un cumplido?

Él hizo un gesto condescendiente con la mano.

–Y entonces empecé a estropearles todos los planes que tenían para mí, y así fue como quedé expuesta a la peor demostración de su crueldad. Cuando pensaba que las cosas ya no podían empeorar más, salió a la luz su conspiración para derrocar al tío Atef y apoderarse del gobierno de Zohayd. No lo vi venir, aunque estaba muy cerca de ellas. Jamás se me ocurrió pensar que fueran capaces de tanta… maldad. Supongo que tenían razón cuando hablaban de mi falta de intuición y astucia.

–Te sientes culpable por no haber sabido lo que planeaban.

–Casi me sentí responsable. Esa es una de las razones principales por las que salí de Zohayd –se encogió de hombros–. Y aquí estoy.

Las palabras se quedaron colgando en el aire como una espesa nube de incienso.

–¿En qué piensas?

–Nada.

–Creo que es un imposible que tu mente no piense en algo a cada segundo. Apuesto a que piensas incluso cuando duermes. Parece como si siempre estuvieras atento, observando, analizando y decidiendo cómo usar toda la información que recibes.

Rashid levantó las cejas.

—¿Es que hay otros imposibles?

—Claro. ¿Es que no conoces el proverbio?

—Supongo que es de Zohayd. Aunque muchos puedan pensar lo contrario, Azmahar nunca fue una provincia de Zohayd que se escindió por el petróleo y por obtener una autonomía poco afortunada. Azmahar no estaba destinada a suplicarle a la tierra madre para que volviera a acogerla en su seno, no hasta que llegó el antiguo rey Nedal.

—Vaya. No te has guardado ni una pieza de artillería. Pero ya puedes esconder las uñas, Rashid. Yo no comparto ese punto de vista. Ese rey era mi tío, así que también tengo ascendencia de Azmahar a través de la parte de mi familia que fue responsable del declive del reino. No puedo hacer nada para cambiar lo que pasó, ni puedo reparar las consecuencias, pero siempre he amado la tierra de Azmahar, y la considero mi segunda casa con orgullo.

Rashid siguió observándola fijamente.

—Nadie te reprocharía nada si no fuera así. En Azmahar, tal y como está hoy en día, no hay mucho que amar, ni tampoco hay mucho de lo que estar orgulloso. Tuvo un mal gobierno, mala gestión, y sus aliados llevan décadas dándole un trato condescendiente y paternalista. La mayoría de la gente ha olvidado lo que es estar orgulloso de ser de Azmahar, y muchos ni siquiera saben que es posible estarlo.

—Pero tú no. Tú, el superhombre de Azmahar que va a arreglar todo ese desastre, ahora que eres aspirante al trono.

La expresión de Rashid cambió como si una puerta de acero acabara de cerrarse de golpe.

—Eso no significa nada.

—¿Es que solo importa ganar?

Él guardó silencio. Era evidente que no quería seguir con ese tema. Su tío había sido obligado a abdicar después de un largo reinado plagado de errores de gobierno, y sus herederos habían sido rechazados para sucederle en el trono. Azmahar necesitaba un nuevo rey, pero el país estaba dividido en tres facciones, y cada uno apoyaba a un candidato distinto.

Los otros dos eran Haidar y Jalal, sus primos por parte de madre y padre. Se les conocía como los Príncipes de Dos Reinos, y muchos decían que eran los herederos idóneos para ocupar el trono de Azmahar. Pero para Laylah era un disparate. Ambos eran hombres increíbles, empresarios con grandes capacidades y buenas personas, pero ella no podía verles como aspirantes al trono, no podía entender cómo podían anteponerles a Rashid.

—No me has dicho cuáles son los otros imposibles, según el folclore de Zohayd.

—Sé que no se conoce en Azmahar, pero pensaba que como pasas tanto tiempo en Zohayd como un lugareño más, sí que conocerías los dichos y expresiones de la zona.

–Supongo que ese se me escapó, a pesar de tener esta hiperconsciencia mía –le dijo con ironía.

Laylah no puedo evitar reírse. No dejaba de sorprenderla. Esa combinación de humor corrosivo y un rostro serio e imperturbable era fulminante.

–*Al ghul wal anqa'a wal khell'lel waffi.*

«El demonio, el fénix y el amigo fiel».

Rashid hizo una mueca.

–No sé nada de los dos primeros, pero el último sí que es un imposible.

–Tanto tus problemas como los míos tienen que ver con aquellos que deberían haber sido nuestros mejores amigos.

–¿Acaso me estás sugiriendo que tenemos algo en común?

–No lo estoy sugiriendo. Lo estoy diciendo claramente.

–Parece que estos dos años que ha pasado en Chicago le han hecho olvidar quién es, princesa. Y también quién soy yo.

–Ya vuelves a llamarme princesa, no me vayas a decir que en lo que se refiere a estatus, estoy por encima de ti.

–No lo estoy sugiriendo. Lo estoy diciendo.

–¡Por favor! Tú has superado adversidades increíbles. Eres el prototipo de hombre que se ha hecho a sí mismo, y tienes a un reino a tus pies que te suplica que seas su rey. ¿Yo qué soy, en cambio? He montado mi propio negocio, pero nunca será tan grande como el tuyo. Me ha costado mucho tiempo recuperarme de toda una vida de abusos y humillaciones. Cuando tu tutor y su familia te humillaban, tú por lo menos tenías la tranquilidad de saber que no llevabas su sangre en las venas, así que… No. No hay nada superior en mi estatus.

Una vez más, Laylah pudo sentir esa rabia aterradora que crecía dentro de él, aunque no estuviera dirigida contra ella.

–Sigues siendo una princesa.

–Una de poca monta.

–La única hija de los Aal Shalaan no es una princesa de poca monta. Tus padres son los hermanos de los reyes. Ocupas el puesto siguiente en la línea de sucesión, justo después de los aspirantes directos al trono en los dos reinos. Si eso no te convierte en una princesa del más alto rango…

–Bueno, quizá mi parcialidad me haya bajado de categoría. Ya no soy leal hacia una de las partes, desde que la familia de mi madre fue desterrada de Zohayd y de Azmahar. Y cuando mi tío Atef dejó el trono de Zohayd a favor de Amjad, tener a un único primo en el trono me distanció más que nunca del mismo, y me rebajó el rango.

–Al margen de los tejemanejes políticos, sigues siendo leal por las dos partes, y esa lealtad se remonta a muchas generaciones.

–*Ya Ullah*… Ahora entiendo por qué las citas son un imposible para mí. Las estadísticas me hacen parecer una momia de la aristocracia. Casi da miedo. ¿Quién va a querer salir con una mujer que tiene tanta historia en las venas?

–Cualquier hombre haría cualquier cosa para…

salir contigo, aunque con ello pusiera en peligro su propia vida.

¿Era eso un cumplido? Era inevitable mostrarse escéptica después de haber recibido tantos latigazos sarcásticos.

–¿No sales con nadie?

–No –le dijo en un tono hosco–. No me gusta empezar nada cuando sé que no va a funcionar.

–¿Y cómo sabes que no va a funcionar si no lo intentas?

–Me bastó con intentarlo una vez para saber que nunca iba a funcionar.

De pronto se dio cuenta de que había hablado como si tuviera por costumbre tener aventuras de una noche. Antes de que pudiera rectificar, él se puso en pie. Le dedicó una mirada vacía. Se sacó el teléfono móvil del bolsillo. Llamó a su hombre de confianza y entonces se volvió hacia ella.

–Ya es hora de irse a casa, princesa.

–Pero todavía no quiero irme –Laylah se puso en pie.

–Es la una de la madrugada. Esa chica que parece tu hermana siamesa ya debe de haber llamado a la policía.

–Mira tuvo que irse a Tennessee. Su padre está hospitalizado. Es por eso que no la he llamado todavía. Y por eso iba a pasar la noche sola. Además, he salido más tarde que de costumbre porque tuve que terminar un trabajo de ella.

–Entonces tuvo que ir a urgencias por culpa de su padre, y yo también, por tu culpa.

–Como si alguien pudiera obligarte a hacer algo –dijo ella, en un tono bromista, pero inquieto.

–Solía creer que nadie podía. Desde esta noche, ya no creo lo mismo. Me has arrastrado hasta urgencias, me has dejado en manos de médicos, me has chantajeado para venir aquí, me das órdenes, me dices dónde me tengo que sentar, qué tengo que comer y me mimas como a un inválido. Ni siquiera me puedo ir a la cama porque quieres seguir fastidiándome un rato más.

–Bueno, te prometo que no te fastidiaré más si me dejas quedarme esta noche. No puedes mandarme a casa y dejar que pase la noche sola después de lo ocurrido esta noche.

–¿Tanto miedo te da estar sola? Antes no parecías tan preocupada.

–Que no esté hecha un mar de lágrimas no significa que esté bien. Estar contigo me ha hecho sentirme mejor, más tranquila… Déjame quedarme, Por favor, Rashid.

Él guardaba silencio. De repente soltó el aliento. Dio media vuelta y echó a andar. Le dedicó una fría mirada por encima del hombro.

–Solo una cosa es segura, princesa. Tu madre y tu tía no sabían nada de ti. Podrías hacer cambiar de opinión al más testarudo de los hombres.

Laylah corrió tras él.

–Y como ese hombre no eres tú, ¿eso significa que puedo quedarme?

–Por su cuenta y riesgo, princesa.

Capítulo Tres

Las apariencias sí que engañaban. A pesar de la advertencia de Rashid, no había pasado nada. De hecho, lo que más había temido Laylah era lo que había pasado en realidad. Él la había tratado como si fuera una carga molesta e incómoda que tenía bajo su custodia. Aquella casa gigantesca había resultado tener varias zonas separadas, pero ninguna tenía puertas. Una de las zonas era la entreplanta, situada tras una pared. Allí dormía él, pero le había cedido el espacio esa noche. Le había ofrecido de ropa limpia. Y después, sin darle las buenas noches siquiera, se había marchado sin más.

Un rato más tarde, en la soledad de la habitación, Laylah empezó a sentir ese escalofrío tan familiar. Él debía de estar cerca. ¿Iba hacia la habitación? Probablemente querría algo del dormitorio. Conteniendo la respiración, esperó, pensando que entraría en cualquier momento.

Pero no fue así. Algo la había hecho sentir su presencia. A lo mejor… pasaba algo. Se puso en pie de golpe. Se asomó a la barandilla de la entreplanta. Algo reverberaba en sus oídos, proveniente del extremo más alejado del enorme almacén. Sonaba como el latido errático y furioso de un corazón distante, enorme. No había sido capaz de oír el ruido desde el dormitorio, pero seguramente era eso lo que la tenía tan inquieta. Bajó las escaleras, resbalando sobre el pulido suelo de mármol. En cuanto sus pies golpearon tierra firme, echó a correr de nuevo. La fuerza del sonido crecía a cada paso que daba. Se estaba aproximando a una partición del espacio separada por una pared, situada al fondo de la casa. Más allá, el ruido era tan fuerte que hacía retumbar toda la estancia. Con el corazón desbocado, Laylah rodeó la pared, y por fin pudo ver de dónde provenía. Rashid.

Estaba desnudo hasta la cintura, descalzo, y golpeaba un saco de boxeo sin parar, con furia, sin misericordia. Laylah volvió a reparar en esa cicatriz. Le bajaba por el cuello, continuaba por la espalda y le rodeaba la cintura hasta llegar al abdomen, le ascendía por el pecho y terminaba en un horrible queloide que parecía adentrarse en su carne y perderse en su corazón. Empezó a avanzar hacia él, lentamente. Se movía tan rápido que apenas podía ver esa zona oscura en la piel que le rodeaba la cicatriz. Al principio había pensado que se trataba de piel chamuscada, pero era algo distinto. De pronto vio lo que era. Un tatuaje… retorciéndose alrededor de la cicatriz como si quisiera frenar su avance, impedir que el daño se extendiera. Cuando estuvo lo bastante cerca para examinar aquella extraña figura, comprendió qué eran aquellas formas que envolvían la cicatriz. Era un ingenioso patrón hecho con el símbolo que representaba a la dinastía noble a la que él pertenecía, pero también había detalles de la rama lejana de la familia de su madre, de la cual era el único miembro que quedaba. De repente él dejó de golpear. Dejó caer los brazos. Los puños seguían apretados. Permaneció quieto, inmóvil como una roca, con los pies separados, listo para volver al ataque, tenso como una cuerda. Laylah no podía hacer otra cosa que mirarle, hechizada.

–Rashid.

Al oír su voz, él se giró de golpe. Su rostro era una máscara de sorpresa.

–Laylah…

Era la primera vez que le había oído decir su nombre, solo su nombre, sin ningún apelativo. Dio unos pasos hacia él.

–¿Es que no sabe que la curiosidad mató al gato, princesa? Ahora tendrá que vivir atormentada por esta imagen infame durante el resto de su vida.

La mirada de Laylah descendió hasta la cintura de sus pantalones. Le quedaba demasiado baja y acentuaba sus caderas musculosas. Rápidamente se obligó a levantar la vista.

–¿Te estás desquitando con el saco?

–¿Me vas a decir que esto… –señaló la cicatriz y el tatuaje que la recorría–. ¿Me vas a decir que no te horroriza? Pensaba que eras lo bastante valiente e ingenua como para ahorrarme toda esa maldita corrección política. Todo el mundo finge que la cicatriz no está ahí, aunque sea lo único que ven. No saben si sienten horror, curiosidad, temor a verse contagiados… Pero para una mujer perfecta que está acostumbrada a la perfección en todo aquello que la rodea, sobre todo en los hombres, esto debe de resultar repulsivo, princesa.

–Escúchame bien, jeque Rashid. He tolerado todos esos juicios de valor tan desatinados porque me di cuenta de que no sabías nada de mí, y estaba dispuesta a educarte, a demostrarte otra cosa. Pero no tengo por qué convencerte en este caso. Ha llegado el momento de dejarte las cosas claras –le agarró del brazo para mostrar mayor autoridad y no verse diminuta ante él–. Tú siempre has sido la perfección en carne y hueso para mí.

Él abrió los ojos, como si acabara de recibir un duro golpe en el vientre. Laylah extendió el brazo y, con una mano temblorosa, quiso tocar esa fea cicatriz, pero él la interceptó en el aire. Le agarró el brazo con brusquedad y la hizo detenerse. Ella levantó la vista y se encontró con una ferocidad que hubiera hecho huir despavorido al hombre más valiente. Pero no tenía miedo, y no se daba por vencida. Levantó la otra mano, pero él también se la agarró en el aire con un gesto implacable.

–Por favor, Rashid, déjame tocarte.

–¿Por qué? Aunque creyera semejante disparate, esa supuesta perfección de la que hablas pertenece al pasado. Eso fue antes de que me partieran en dos y me volvieran a recomponer, así que no te atrevas a sentir pena o compasión por mí. Ninguna de las dos cosas me sienta bien.

Atrapada en sus manos, Laylah trató de esbozar una sonrisa.

–Muy bien. Pero recuerda una cosa. Ahora la culpa será solo tuya cuando te dé mi opinión.

Él la soltó de repente. Dio un paso atrás, pero Laylah avanzó hacia él nuevamente. Le tomó de las manos. Le impidió alejarse más.

–Cuando eran más joven y tierno, y estabas de una pieza, eras la perfección para mí. Me llenabas la cabeza con esa ejemplaridad casi sobrenatural y hacías palidecer a todos los demás –le apretó las manos con fuerza cuando él intentó apartarse–. Pero esa cicatriz, todo lo que has pasado… Y has salido fortalecido. Llevas esa marca como un homenaje a tu familia y a tus antepasados. Representa tu dinastía, te hace único, indescriptible, e infinitamente más irresistible.

Le soltó las manos y trató de tocarle la cicatriz una vez más. Él le agarró las manos de nuevo en un abrir y cerrar de ojos.

–No quieres tocar esto. No es cierto.

–¿Es que las palabras irresistible e indescriptible tienen demasiadas sílabas para que las entiendas? Para mí siempre serás las dos cosas, aunque tuvieras cicatrices por todo el cuerpo. No solo quiero tocarte. Llevo toda la vida esperando poder hacerlo.

Rashid se llevó una sorpresa.

–¿Me dejas que te toque? ¿Por favor?

Él la soltó por fin. Con las manos temblorosas, Laylah estableció ese primer contacto, lentamente, tocando la cicatriz que tenía en el corazón. Nada más rozar esa piel desfigurada con las yemas de los dedos, una extraña sensación se apoderó de ella.

Fue como si toda su esencia, su alma, le saliera por las puntas de los dedos para entrar en él. Era como si la absorbiera.

–¿Todavía te duele?

–No.

–¿Y qué sientes?

–La gente deja de preguntar cuando sabe que ya no duele –su voz sonaba grave, profunda–. Creen que lo único que importa es el dolor.

–Yo no soy una más entre esa gente. Soy yo. Y todo lo que sientas me importa. Punto final.

Incapaz de contenerse más, le rodeó el cuello con un brazo y tiró de él. Deslizó los labios a lo largo de su mandíbula hasta llegar a la base de su cuello. Le obligó a mantenerse cerca.

–Dime, Rashid.

–Si me mantengo completamente quieto, puedo convencerme a mí mismo de que no existe. Pero si hago el más mínimo movimiento, es como si esa piel arrugada no fuera mía. A veces es como un abismo que me hace entrar en otra realidad. Algo malvado se adentra en mi cuerpo, me infecta con su veneno.

Laylah caminó a su alrededor. Sus labios seguían el rastro de la cicatriz que bajaba por su cuello y descendía a lo largo de su espalda. Quería absorber toda esa energía negativa, sacársela de dentro.

–¿Qué sientes cuando alguien la toca? –susurró.

–Las pocas veces que la han tocado, he sentido una descarga insoportable de dolor, repulsión… Me ha hecho sentir… violento.

Laylah se detuvo sobre su hombro.

—¿Es eso… es eso lo que sientes ahora?

—No.

—¿Entonces qué sientes si hago esto? —le preguntó. Siguió recorriendo la cicatriz con los labios, pero también con la yema del dedo.

No obtuvo respuesta. Solo pudo sentir su respiración pausada y profunda. Le golpeó suavemente en el brazo con la cabeza. Él lo levantó y la dejó seguir ese surco terrible a lo largo de su abdomen hasta llegar a su corazón. En el último momento, Laylah sacó la punta de la lengua para probar su sabor. Él se estremeció, como si apenas pudiera soportarlo.

—El tacto de tus manos, tus labios, cada respiración tuya despierta todos mis sentidos de golpe. Es como si todas las sensaciones se vieran amplificadas dentro de los confines de esa cicatriz, y llegaran a todos los rincones de mi cuerpo.

Las manos de Laylah se detuvieron. Se humedeció los labios.

—Eso suena… inquietante.

—Lo es. Mucho. Da tanto placer que casi es doloroso, y excitante hasta llevarte al borde de la locura.

De repente enredó las manos en el cabello de Laylah. La hizo levantar el rostro hacia él. Ella se apoyó contra su cuerpo de acero, suavemente. Él le sostenía la mirada, la abrasaba por dentro.

—¿Es esto lo que quieres que sienta, princesa? ¿Es esto lo que quieres que haga?

Sus labios se estrellaron contra los de ella. Al

sentir el impacto brutal de su pasión, Laylah dejó escapar un grito ahogado, cargado de sorpresa, alivio, alegría y muchas otras emociones a las que no podía ponerle nombre. Él se las tragó todas y a cambio emitió un gruñido desesperado. Ella abrió la boca, le exigió más. Necesitaba ese beso como un vaso de agua en el desierto. Llevaba toda la vida esperándole.

–¿Es esto lo que quieres? –Rashid se apartó de sus labios y empezó a besarla en el cuello, en las mejillas, en la frente.

La hacía suya poco a poco… Al verla asentir con la cabeza, le levantó la sudadera que le había prestado para dormir, la agarró de las nalgas con esas manos encallecidas, endurecidas por el sufrimiento. La acorraló contra la pared, le entreabrió los muslos y la presionó con su miembro, duro e incontenible dentro de esos pantalones.

–¿Es esto lo que buscabas cuando no me dejabas en paz, cuando me exponías a esa tentación implacable? ¿Quieres que pierda el poco control que me queda? ¿Quieres que pierda la razón y que te coma viva? –sus últimas palabras fueron acompañadas de un empujón feroz que la hizo golpearse contra la dura pared.

Laylah no pudo articular palabra. Simplemente emitió un leve gemido para asentir. Se rindió ante él.

–¿Estás segura de que es lo que quieres, princesa? Yo jamás te hubiera quitado nada, pero si dices que sí, te lo quitaré todo. Lo tomaré todo de ti.

Laylah trató de enroscar las piernas alrededor de sus caderas, pero las extremidades le temblaban tanto que finalmente se resbaló. Él se las agarró de repente y las sostuvo con firmeza alrededor de su cintura. Sujetándose de su cabeza con ambas manos, Laylah le miró a los ojos con firmeza.

–Yo también soy de las de o todo o nada. Y no te confundas, Rashid. Contigo lo quiero todo.

Él la empujó con más fuerza.

–No te equivoques, princesa. Si me das otra señal más, te quitaré todo lo que tienes. Todo, princesa.

Laylah decidió provocarle un poco más para ver adónde llegaba esa ferocidad exquisita.

–¿Quieres decirme que si en algún momento te digo que pares, no lo harás?

Los ojos de Rashid centellearon.

–No querrás que lo haga.

Laylah bajó un poco la cabeza y abrió los labios sobre la cicatriz de su corazón. La rozó levemente con los dientes.

–Y sin embargo, aquí sigo, intentando convencerte para que empieces… –no pudo terminar la frase. Dejó escapar un grito al sentir que sus pies dejaban de tocar el suelo.

Con uno de esos movimientos fantásticos, él acababa de tomarla en brazos.

Ella se acurrucó contra su musculoso hombro y atesoró ese momento extraordinario. Él caminaba con paso firme, la llevaba a ese dormitorio donde iba a pasar la noche sola.

¿Era posible que todo aquello con lo que había soñado se estuviera haciendo realidad? ¿Podría estar con Rashid por fin? Le clavó los dedos en el brazo, le hizo aminorar.

–Quiero que tengas una cosa clara, Rashid. Tú también tienes que dármelo todo.

Después de dedicarle una mirada indescifrable, él asintió con la cabeza. Aceptaba sus términos. Se ceñiría a ellos.

–Recuerda una cosa solo. Cuando te lo dé todo, acuérdate de que fuiste tú quien me lo pidió.

Todo había sido igual que en sus sueños hasta el momento en que él la había colocado sobre la cama. En ese instante todo había tomado un camino inesperado.

Se había puesto en pie. Y la observaba.

–Rashid, *arjook*…

¿Era esa su propia voz? En vez de contestar a su súplica, él le dio la espalda. Estaba diciendo algo por encima del hombro.

–No me querrás así como estoy, todo sudado.

Laylah quería gritar que no importaba, que le daba igual, pero no tuvo tiempo. Él entró en el cuarto de baño en un abrir y cerrar de ojos.

Nada más cerrar la puerta, Rashid se metió en la ducha. Abrió el grifo de agua fría y se metió debajo del chorro. Respiró profundamente, cerró los ojos e inclinó la cabeza contra los fríos azulejos, dejando que las gélidas agujas de agua le atravesaran. ¿Qué estaba haciendo? Las cosas habían evolucionado demasiado deprisa. Había hecho todo lo posible por sabotear sus propios planes, pero en realidad no había hecho otra cosa que acelerarlo todo. Ella estaba ahí fuera; la mujer a la que había planeado llevarse a la cama. Le suplicaba que la hiciera suya. No había hecho nada para seducirla. Más bien había hecho lo contrario. Le había dado todos los motivos del mundo para que se alejara de él.

Hubiera sido una estrategia muy ingeniosa de haberlo hecho a propósito. Podría haberse alejado a propósito para que fuera ella quien le persiguiera, pero no lo había hecho a consciencia. Realmente lo había intentado todo para apartarla de su lado. Pero no podía seguir adelante, porque ella no era la mujer a la que tenía pensado seducir.

La auténtica Laylah era algo inesperado. Era una joven con un corazón puro y magnánimo. Y no le buscaba para responder a un desafío. Le deseaba de verdad. Llevaba toda una vida queriéndole, según le había dicho. No debería haberla dejado tocarle. Esas manos y esos labios sobre su piel desfigurada…

Jamás había conocido sensaciones tan poderosas. Le habían atravesado por dentro, le habían desgarrado, habían roto todas las barreras. Todo había dejado de importar a partir del momento en que había sentido el tacto de sus manos por primera vez. Y entonces le había dicho que lo quería todo con él... Pero no podía aceptar lo que ella le ofrecía con tanto fervor, no después de todo lo que había pasado esa noche, después de todo lo que había descubierto.

Le daría una última oportunidad para negarse.

Laylah se quedó mirando la puerta del cuarto de baño durante unos segundos, preocupada. Cuando por fin se abrió, fue como si hubieran pasado diez horas en vez de diez minutos. El aroma a un jabón almizclado le precedía. Se detuvo frente a ella, junto a la cama. Se había afeitado. Todavía tenía el pelo mojado. Laylah se inclinó contra la pared y recogió las piernas debajo de la barbilla. Cruzó las manos sobre el corazón, como si así pudiera impedir que se le saliera del pecho.

—Tu belleza es incomparable —dijo él de repente—. Pero eso ya debes de saberlo desde hace mucho tiempo... Me di cuenta de que serías preciosa cuando tenías seis años. Por aquel entonces ya sabía que tu belleza sería tan arrolladora que... los hombres lucharían por ti, y los reyes se rendirían a tus pies. Tenía razón. La lista de los reyes que han pedido tu mano es casi más alta que tú.

Laylah se miró a sí misma de arriba abajo.

—Yo no soy muy alta precisamente. Y solo han sido siete. Pero ninguno de ellos estaba interesado en mi belleza arrolladora, sino en mis conexiones familiares.

—Si eso es cierto, entonces la única explicación

es que no les gustaran las mujeres. ¿Qué hombre no te querría?

La sonrisa de Laylah tembló.

—Espero que eso sea un cumplido.

—Es la verdad —de repente se arrodilló frente a ella—. Eres algo imposible. Yo no creo en la perfección, pero aquí estás, contradiciendo todo aquello en lo que siempre he creído. Y en contra de todo aquello en lo que puedo creer, dices que me quieres.

Laylah se puso de rodillas también.

—Sí que te quiero. Siempre te he querido.

—Me dijiste que para ti yo era la perfección, así que ahora te pregunto… ¿Cómo? ¿Qué tengo yo que te parezca perfecto, sobre todo ahora?

Ella le miró a los ojos.

—Sería más fácil contar las cosas de ti que no me parecen perfectas, como lo distante que eras. Era como si vivieras en un mundo propio. Pero eso tampoco es algo imperfecto —sucumbiendo una vez más a la necesidad de tocarle, deslizó las yemas de los dedos sobre la cicatriz—. La cosa es que a lo mejor no eres perfecto porque sí. Pero para mí eres perfecto.

Él puso su mano sobre la de ella y la apretó contra su propio pecho.

—He tenido tiempo de pensar en la ducha.

Laylah esperó el veredicto.

—Al margen de lo que haya dicho antes, no pienses que es muy tarde para cambiar de idea. Eres libre para pensar en ello.

–Si quieres retirar todo lo que has dicho, adelante. No tienes por qué ponerme las cosas fáciles.

–¿Quieres decir que sigues sintiendo lo mismo?

–No importa lo que yo sienta –dijo ella con firmeza.

–Todo es importante. Pero lo que sientes ahora podría ser parte del trauma que te has llevado esta noche.

–¿Trauma? ¿Por lo del ataque?

–Es normal que uno necesite reafirmarse haciendo cosas inusuales y temerarias después de haber sobrevivido a una situación límite.

–Y tú eres un experto en eso, ¿no?

Él bajó la vista. Su rostro se transfiguró. Más que analizar su reacción, Laylah sabía que tenía que resolver todo aquello.

–Después de habértelo contado todo sobre ese enamoramiento mío de toda una vida, sabes que esto no es una locura del momento. Si quieres evitarme la humillación de quedar como una loca patética que finge que podría haber sido producto del estrés del momento, adelante, puedes ser caballeroso hasta el final.

–Yo no tengo nada de caballeroso –dijo él, sin levantar la mirada.

–Eso es incluso peor. Sucumbiste a un acto inusual y temerario porque estás estresado y fuiste víctima de una descarga hormonal cuando una mujer se arrojó a tus brazos y empezó a tocarte por todos sitios. Ahora que esa descarga ha remitido, quieres zanjar el asunto causando el menor daño posible.

Rashid levantó la vista en ese momento. La tala-
dró con la mirada.

—¿A ti te parece que mi descarga hormonal ha
remitido? —bajó la mirada.

Ella siguió el rumbo de sus mirada y lo compro-
bó por sí misma.

Nada había remitido dentro de sus pantalones.

—Y las mujeres ya se me han arrojado a los brazos
y me han tocado en el pasado. Sin embargo, ninguna había causado esta revolución hormonal.

—¿Eso quiere decir que todavía quieres… quieres…

—Lo quiero todo, pero necesitaba asegurarme de
que no me iba a aprovechar de tu vulnerabilidad.

Laylah se inclinó hacia él, estiró las manos sobre
ese pecho formidable.

—Si otro hombre me hubiera salvado esta noche,
me hubiera asegurado de que recibiera atención
médica y le hubiera ayudado en todo lo que pudiera, pero no me habría ido a casa con él, y desde luego que no estaría en su cama en este momento.
Después de salir de urgencias, todo lo que hice lo
hice porque eras tú. Todo lo que siento, lo siento
por ti. Lo único que quiero eres tú.

De repente Rashid se puso en pie.

—Tengo que decir que me he replanteado lo de
antes.

Laylah se mordió el labio inferior, expectante.

—¿Y qué vas a hacer?

Rashid se desató el cordón de los pantalones del
chándal lentamente.

–Voy a hacer lo mismo que tenía pensado antes, pero lo haré muy despacio.

Se quitó la prenda. Debajo llevaba unos boxers de seda negra, ceñidos, tensos. Laylah no quería ni imaginar lo que se escondía debajo de ellos. Los músculos de sus muslos se contrajeron cuando se agachó delante de ella. Deslizó los labios sobre su rostro, su cuello, aspiró su fragancia femenina. De repente Laylah sintió lágrimas en los ojos. Trató de abrazarle.

–No lo hagas despacio, Rashid. *Arjook*, no puedo esperar.

Él se zafó de ella con suavidad, gimió sobre sus labios.

–No me metas prisa, *ya ameerati*. Déjame hacerle justicia a toda esta belleza y generosidad.

Con manos temblorosas le quitó la ropa muy despacio. Laylah se movía sin parar, le acariciaba la cabeza, le atraía hacia sí… Al sentir el roce de esas manos prodigiosas sobre los pechos, hundió las uñas en su piel. Él jadeó un momento, pero no se detuvo.

Una vez la hubo desnudado del todo, Laylah experimentó un auténtico tormento erótico, pero merecía la pena. Ver la expresión de su rostro mientras la observaba era extraordinario.

Él cerró los ojos y volvió a abrirlos al instante, pero su mirada había cambiado. Todo volvía a estar bajo control.

–*Anti akthar menn kamelah…* Más que perfecta. Eres la belleza en carne y hueso.

–No. Tú.

Él le sujetó la cabeza con ambas manos y le dio un beso fiero en los labios.

–Me halagas, pero déjame demostrarte lo mucho que deseo saborear cada centímetro de tu piel.

Lo dijo y lo hizo. Le comió los labios a besos, y entonces empezó a descender por su cuello, sus brazos, sus manos… La hizo meter un dedo en su boca y empezó a chupárselo.

Laylah jamás había conocido semejante placer. Nunca hubiera imaginado algo así. Se levantó del colchón. El pálpito de placer entre sus piernas se hacía insoportable.

–Rashid… *arjook, daheenah…*

Se estaba rompiendo en pedazos. Le necesitaba en ese momento. No podía esperar más.

Pero él tenía otros planes. La sometió a toda clase de estímulos eróticos, desencadenando respuestas que Laylah jamás hubiera concebido. Exploró todos los rincones de su cuerpo y encendió su piel allí donde la tocaba. Estaba en todas partes, masajeándola, besándola, lamiéndola, mordiendo… En sus pies, en la espalda, a lo largo del vientre, en los pechos, el trasero, la cara interna de los brazos, de los muslos… Pero siempre volvía a besarla en los labios, cada vez con más intensidad. Ya había perdido la cuenta de todas las veces que le había suplicado que la hiciera suya.

Rashid se apartó un instante y Laylah pensó que por fin eliminaría la última barrera que quedaba entre ellos. Se levantó, apresurada, dispuesta a recibirle de nuevo, pero un segundo más tarde estaba tumbada boca arriba, con las piernas apoyadas sobre los hombros de él. La sorpresa y la expectación batallaban en su interior mientras una oleada de timidez se apoderaba de ella.

Jadeando, se incorporó un poco.

–Te deseo, Rashid. Te deseo a ti, a ti.

Él le separó las piernas. Se acostó boca abajo entre ellas, le sujetó el trasero con ambas manos y abrió el centro de su feminidad. Soltó un soplo de aire sobre su sexo desnudo.

Laylah gimió con todo su ser. Toda coherencia y sentido de la razón la abandonaron por completo. No quedaba nada excepto el deseo y el hambre de placer. Un vacío enorme se propagaba en su interior, la absorbía.

–Me estás matando –le dijo, moviendo la cabeza a un lado y a otro, con el pelo enmarañado alrededor.

–Te estoy adorando, *ya ajmal an'naas.*

Que la llamara «mi princesa» era una cosa, pero oírle llamarla «la más hermosa de todas las personas», era algo muy distinto.

De repente le sintió introducir un dedo en su sexo ardiente. Gritó, inclinó la cabeza. Todo el cuerpo le temblaba. Contuvo la respiración durante un momento. Él le masajeaba los pechos con una mano, moviendo los pezones a un lado y a otro, mientras que con la otra acariciaba su sexo caliente, a la velocidad justa, aplicando la presión necesaria. Ella se retorcía, le pedía más… De repente empezaron los temblores. El epicentro estaba entre sus piernas y las sacudidas se propagaban por su cuerpo como haces de luz. Movía las caderas, al ritmo de los dedos de Rashid. Ondas de placer delicioso la abocaban a algo muchísimo más intenso de lo que jamás había sentido o experimentado.

Él se frotó la cara contra la cara interna de sus muslos.

—Tan caliente y húmeda. Lista para mí. Y ahora quiero probarte.

Laylah dejó escapar un grito al sentir su lengua, muy adentro, bebiéndose todo el placer que podía darle. Sujetándole las nalgas con fuerza, la llevó al borde del abismo. Laylah sintió que explotaba por dentro y entonces se colapsó en sí misma.

Él seguía chupando su carne, prendiendo la chispa que consumiría toda esa energía acumulada. Ella sintió que dejaba de existir. Era como si se estuviera volatilizando con cada golpe de gozo. Los temblores empezaron a remitir gradualmente. Recuperó el sentido de la realidad y le vio allí, entre sus piernas, lamiéndola todavía.

Cerró los ojos y se rindió del todo. Un segundo después los abrió de golpe. El placer no remitía después de todo, sino que volvía a crecer. La tensión había vuelto a apoderarse de ella. Él siguió y siguió hasta hacerla jadear con otro poderoso clímax.

Se acurrucó a su lado y siguió masajeando su sexo suavemente, murmurando halagos con un hilo de voz que llegaba al alma.

—El sabor y el sonido de tu placer son increíbles.

Ella se revolvió entre sus brazos y se enroscó a su alrededor con brazos y piernas.

—Me lo prometiste.

—No eches más leña al fuego, *ya ameerati*.

—Lo haré si es la única forma de que dejes de adorarme y me des lo que necesito. A ti, dentro de mí.

Atrapó su rostro con ambas manos y le colmó de besos. Después comenzó a besar la cicatriz, chupando y mordisqueando con desenfreno, gimiendo sobre su piel ardiente.

—Entra dentro de mí, Rashid. Siento que mi corazón se parará si no lo haces… ahora. Rashid, ahora.

Él la agarró con fuerza de los brazos y la hizo tumbarse boca arriba.

—Ahora es al revés. Mi corazón late a treinta latidos por minuto. ¿Lo sientes?

Le tomó la mano y la puso sobre un punto situado justo debajo de la cicatriz, donde mejor se le sentía el pulso. La arteria saltaba con tanta violencia que parecía palpitar a una velocidad mucho mayor.

—Eso es lo que me hace la necesidad de estar dentro de ti.

Laylah le mordió en la barbilla y no le soltó durante un segundo.

—Te está bien empleado por haberme sometido a esta deliciosa tortura.

Él hizo una mueca y le mordió el pecho con sutileza. Comenzó a chuparle un pezón mientras le atormentaba el otro con las yemas de los dedos.

Lagrimas de placer corrían por las mejillas de Laylah.

–Creo que no has entendido bien mis condiciones –le dijo de repente, clavándole los dedos en el hombro–. Son iguales que las tuyas. Mi corazón se parará porque dejará de latir. Se le acabarán los latidos.

Él se incorporó sobre ella y empezó a acariciarle los muslos. Se colocó entre ellos.

–Yo pararé tu corazón. Con placer.

Laylah buscó la cintura de sus boxers con manos torpes. Necesitaba librarse de esa última barrera, pero sus manos perdieron toda coordinación en cuanto logró liberar aquello por lo que le suplicaba. Era tan hermoso y grande. Sintió que su propio sexo se contraía y se abría, humedeciéndose aún más.

–*Arjook, Rashid, arjook…*

Pero él esperó un poco más. Le sostuvo la mirada.

–Mírame, míranos. Mira lo que voy a hacerte –bajó la vista y ella siguió el curso de su mirada.

Sujetaba su miembro con una mano.

De pronto se inclinó y apretó la punta de su erección contra los labios más íntimos de Laylah. Ella gemía, arqueaba la espalda, rindiéndose, abriéndose a él sin reservas. Él le sujetó las nalgas con una mano y empezó a frotarse contra ella, bañándose en su deseo. Cada empujón desencadenaba una ola de sensaciones que la hacían desesperar. Muy pronto volvió a tenerla al borde del clímax. Se inclinó hacia delante, sus meneos se hicieron frenéticos, su respiración se hizo entrecortada. La locura se apoderó de ella.

67

–Y ahora… míranos. Te tomo, al igual que tú me tomas a mí.

En cuando ella asintió con la cabeza, entró. La fuerza de su embestida rompió esa barrera invisible para siempre y le permitió llegar hasta el fondo. En la garganta de Laylah se formó un grito, pero no consiguió salir. El tiempo se dilató. La oscuridad se desvaneció. Una respiración jadeante inundaba todos sus sentidos, la rodeaba, la llenaba por dentro, saturaba sus oídos. De repente vio su rostro en la penumbra, oscuro, enigmático. Estaba encima de ella, sus ojos parecían feroces, un jeroglífico imposible de leer. Pero el dolor retrocedía como la marea, y entonces aparecería una extraordinaria sensación de saciedad, de inconsciencia. Su cuerpo sabía lo que quería. Quería que él se moviera. Quería que la llenara una y otra vez, que aplacara ese dolor latente.

Él seguía inmóvil, sin embargo. La taladraba con la mirada.

–Deberías habérmelo dicho.

A Laylah le rechinaron los dientes al oír el tono de su voz. De repente se dio cuenta de que no le había dicho en ningún momento que era virgen. Estaba tan ida del mundo que no había tenido en consideración ese pequeño detalle. Ni siquiera se le había pasado por la cabeza pensar que ese era el motivo por el que había sentido que algo se partía en su interior.

De repente le sintió retirarse.

–Rashid, no te vayas… No pares. *Arjook*, dame…

Al verle vacilar un momento, enroscó las piernas alrededor de su cintura y le empujó hacia dentro. Un grito agudo la sacudió por dentro. Pensaba que ya la había llenado por completo con esa primera embestida. Tembló por dentro y por fuera, pero eso solo podía ser el preludio de un terremoto mayor.

Se arqueó contra él.

—Para. Te estoy haciendo daño —le dijo él, apoyándose sobre los codos.

Ella se aferró con todo su cuerpo.

—Solo al principio. Ahora... Rashid, el placer de tenerte dentro de mí... Nunca he experimentado nada parecido. Nunca pensé que sería posible sentir tanto placer. Pero necesito más, todo, tal y como me prometiste. Dámelo todo, Rashid... *arjook...*

—*Anti sehr, j'noon...*

«Magia y locura...». Sus palabras no dejaban lugar a dudas. Estaba al borde del abismo, a punto de sucumbir. Laylah sintió su ferocidad, su desesperación... Solo esperaba que se rindiera por fin, que se lo diera todo. Y él lo hizo. Empujó hasta el fondo, hasta tocar su esencia, y entonces, sosteniéndole la mirada, comenzó a moverse. Con cada embestida el placer iba creciendo, acumulándose como la nieve que cae. Laylah necesitaba más y más, y su exigencia aumentaba sin remedio. Poco a poco los movimientos suaves y sutiles de Rashid se volvieron urgentes, y finalmente llegaron a ser feroces... Todo se condensó en un único punto de existencia absoluta, ese punto donde estaban conectados... Laylah sintió que se fracturaba por dentro. Se oía a sí misma, gritando su nombre una y otra vez. Se hacía añicos y volvía a recomponerse alrededor de su miembro con cada golpe del mismo. Su sexo absorbía todo el placer que él le proporcionaba. Él gritó su nombre, se puso tenso en sus brazos y empujó hasta el fondo, abriéndola por completo al tiempo que su semilla la inundaba. Ella se retorció y gimió de puro placer. La ola de su desahogo la bañaba por dentro...

Totalmente saciada, jadeante y falta de aire, Laylah sintió que el mundo se colapsaba a su alrededor, desvaneciéndose en una espiral de oscuridad.

Capítulo Cuatro

En un sueño de felicidad perpetua, las sensaciones confluían. Estaba tumbada encima de algo caliente y duro, pero confortable. Sintió una caricia que le corría por la espalda hasta llegar a su trasero. Nunca había tenido un sueño tan placentero, tan arrebatador. Abrió los ojos, se encontró con los de él. Rashid. Estaba debajo de ella. Era evidente que llevaba tiempo despierto, observándola.

–Te daría los buenos días, pero sería muy poco decir.

Él continuó acariciándola, encendiendo cada rincón de su cuerpo.

–Hay que acuñar un nuevo adjetivo para describirlo. Sí –dijo ella.

–No tengo ningún adjetivo para lo que pasó esta noche, pero sí sé que todo ha cambiado.

Laylah se estiró lánguidamente sobre ese cuerpo magnífico.

–Desde luego que sí –dijo.

–Nuestras vidas ya no volverán a ser igual ahora que vamos a estar unidos para siempre.

Laylah levantó la cabeza. Le miró fijamente. Su forma de hablar, esa mirada…

–A través del matrimonio.

–¡Matrimonio!

Laylah no daba crédito a lo que acababa de oír. Se incorporó rápidamente y le miró, boquiabierta.

–¡Matrimonio!

La palabra reverberó en el ambiente. Él le apartó un mechón de pelo de la cara.

–Claro que sí. He sido tu primer amante. Te he arrebatado la inocencia y no…

–No, por favor –dijo ella. Sus palabras le habían caído como una jarra de agua fría.

Repentinamente avergonzada ante su propia desnudez, buscó las sábanas que había arrastrado hasta el final de la cama con los pies.

–No empieces con eso. No me has quitado la inocencia ni nada parecido. Yo te la he dado porque he querido. Y haz el favor de dejar de ser tan… arcaico y tan… tan… ¿De Azmahar? Inocencia. Desde luego. Entonces ahora… ¿qué soy, después de que me la hayas arrebatado? ¿Soy malvada ahora?

–Claro. Pero eso ya lo eras antes también, cuando todavía eras inocente. Tiemblo al pensar a qué nuevo nivel de perversión llegarás ahora que has atravesado este… umbral de malicia.

Laylah se mordió el labio inferior y se inclinó contra él, frotándose contra su pecho.

–¿No quieres averiguarlo ya?

Él la agarró de los hombros, la apartó. Su sonrisa estaba llena de condescendencia.

–Sí. Tenemos toda una vida para explorar ese potencial explosivo y sensual.

Laylah retrocedió. Se envolvió en una manta.

–Escucha, Rashid. Ya he descrito, con gran cantidad de detalles embarazosos, todo ese arrebato de pasión que sentía por ti. Al final ha resultado que no tenía ni idea de lo que era la pasión en realidad hasta que tú me lo enseñaste. Si creía que te deseaba antes, ahora lo sé con certeza. Te deseo fiera y totalmente. Y si tú me deseas de una forma remotamente parecida, entonces yo no quiero otra cosa más que estar contigo. Pero no a través del matrimonio.

–¿Te niegas a casarte conmigo?

–Me niego a introducir el concepto «matrimonio» en este momento.

–El matrimonio, en este momento, no es un concepto. Es una necesidad.

–Oh, por favor. No empieces de nuevo con lo de la inocencia. No me estaba reservando para ese príncipe azul, para mi prometido, o algo parecido. Y tú no has venido a arrebatarme nada, o a aprovecharte de mí, de mi vulnerabilidad. ¡Y desde luego no tienes que ofrecerte en el altar por una cuestión de honor y lealtad! Además, prefiero que nos tomemos las cosas con calma –le miró a los ojos–. ¿Qué tal si vivimos el día a día? Después de un tiempo razonable, digamos un mes, si todavía me aguantas, podemos sacar el tema del matrimonio de nuevo, ¿no crees? –le pellizcó la mejilla–. Y si eso llega a pasar, te agradecería que fuera una oferta, y no una orden.

Él arqueó una ceja.

–No voy a esperar un mes, ni siquiera un día si

eso significa que no voy a poder tenerte en mi cama.

–¿Cama? ¿Qué cama?

Ambos se rieron.

–Tranquilo. Ni se me pasa por la cabeza alejarme de tu… colchón. De hecho, después de lo de anoche, más te vale no alejarme de él. Y si fue tan increíble para ti como lo fue para mí…

–Lo que experimenté contigo ha sido inédito para mí. Hablaba en serio cuando te dije que la otra noche me ha cambiado la vida –la atrajo hacia sí. La estrechó contra su duro cuerpo–. El deseo que siento por ti me hará soportar cualquier cosa –la hizo tumbarse y se colocó encima–. Sigo creyendo que no necesitamos darnos tiempo, pero te voy a dar ese mes que me pides, siempre y cuando pueda tenerte a mi lado. Pero no te doy ni un día más.

Le dio un beso y ella le recibió con todo su cuerpo, con el corazón. Solo podía esperar que al final de ese mes hubiera desaparecido esa sensación de honor y obligación que le motivaba a casarse con ella. La pasión debía ser la única razón.

O tal vez debía haber algo más… Quería que él la quisiera tanto como ella le quería a él.

Pero los milagros llevaban tiempo.

–¿Podemos tener una cama?

Laylah estiró los brazos en el aire y saboreó esa sensación adolorida mientras caminaba hacia Rashid. Él la esperaba en el colchón, donde la había hecho tocar el cielo una y otra vez durante toda la semana anterior.

—No es que no me guste ese colchón. He pasado los mejores momentos de mi vida en él, literalmente. Pero quiero… algo de variedad.

Él le agarró la mano y la hizo tumbarse sobre su regazo.

—Podemos tener cualquier cosa que quieras. Si no soy capaz de anticiparme a tus deseos, solo tienes que pedírmelo.

—Solo quiero una cama —le dijo, recuperando el aliento tras el último beso.

—Acabo de darte carta blanca. Úsala bien, *ya amee-rati.*

—Te dije que no se me da bien pedir o aceptar cosas. No se me da bien querer cosas. En realidad no quiero nada más que eso, así que… Me guardaré bien esta carta blanca para usarla en… otros ámbitos.

—En esos otros ámbitos, ya tienes carta de todos los colores del arcoíris. Pero en este caso, me he adelantado. Ya he pedido todo lo que hace falta para convertir este sitio en un paraíso del sexo, donde pueda hacerle justicia a tu exuberancia, con todos los extras que me darán… variedad y que te harán perder la cabeza.

—Quiero una cosa más —susurró ella.

—Pide.

Laylah deslizó las manos, temblorosas, sobre su cabeza. Su pelo, cortado casi al cero, era como terciopelo bajo las palmas de las manos.

–Déjate crecer el pelo de nuevo.

Él dejó de acariciarla. Su expresión se volvió velada.

–Hecho.

Laylah saltó de alegría y le colmó de besos.

–¿Hasta la mitad de la espalda? ¿Y te haces una coleta?

Él hizo una mueca.

–¿Qué tal si vamos despacio, centímetro a centímetro?

–Vaya. Ya veo que no pasas ni una.

Él se levantó y la tomó en brazos, como si pesara menos que una pluma.

–¿Entonces por qué no se queda Laylah contigo? –preguntó Mira.

Laylah miró a Rashid. Iban en coche, de vuelta a casa tras cenar fuera. Durante las tres semanas anteriores, había compartido algo nuevo con ella cada día. Picnics, excursiones, viajes de negocios, visitas a museos, espectáculos, citas íntimas en su casa y en refugios secretos... Esa noche las había llevado a ella y a Mira a cenar a un elegante restaurante.

–Quiero decir que... –Mira continuó hablando desde el asiento de atrás. Su voz siempre sonaba una octava más aguda cuando estaba en presencia de Rashid–. La traes de vuelta tan tarde cada noche que siempre me he ido a dormir ya.

Rashid miró a Mira por el espejo retrovisor con esa tranquilidad que Laylah conocía tan bien y que indicaba una paciencia inagotable porque sabía que era su mejor amiga.

—Siento haberte despertado entonces –inclinó la cabeza un instante, a modo de disculpa.

—¡No es eso lo que quería decir! –exclamó Mira–. Lo he pasado muy bien con vosotros estas últimas semanas. Me encanta volver a casa después del trabajo cada día en este coche increíble, y acompañada de mi pareja favorita. Y no sé cómo agradeceros lo bien que lo he pasado, lo de volar en un jet privado… Y además me habéis ayudado con el médico de mi padre, y me habéis llevado a tantos sitios que ni siquiera sabía que existían, por no mencionar la varita mágica con la que habéis tocado el negocio. Solamente me pregunto una cosa. Ya que habéis reducido las horas de trabajo a un mínimo para tener más tiempo para vosotros, ¿por qué no vivís en el mismo sitio para tener más tiempo todavía?

—Según Laylah –dijo Rashid– es porque soy un anticuado y no soy capaz de librarme de mi programa cultural de Azmahar.

Sí. Era cierto. Le había dicho eso y unas cuantas cosas más. Solo quería estar con ella en horarios apropiados, y no la dejaba pasar la noche en el almacén por temor a arruinarle la reputación. La única vez que había pasado la noche en su casa había sido aquella primera vez.

Pero eso no era nada en comparación con otro asunto mucho más alarmante.

Esa noche cumplían un mes. O ya lo habían cumplido. La medianoche ya había pasado.

Laylah había pasado todo el día en vilo, pensando que le diría algo durante la comida, pero él no había dicho nada. Y después, para la cena, había invitado a Mira. ¿No podía decirle nada porque Mira estaba presente? ¿Por qué la había invitado si tenía intención de hacer algo especial? ¿Qué significaba todo aquello? ¿Se había pensado mejor la oferta? A lo mejor había cambiado de idea y pensaba que solo debían vivir el momento y aprovechar lo que tenían. Trató de ahuyentar esos pensamientos tan nocivos. Se esforzó por concentrarse en la conversación entre Rashid y su amiga. No podía.

Él se detuvo delante del edificio y se despidió de Mira. La joven bajó del coche, no sin antes decirle a Laylah que se tomara su tiempo. Pero esta no lo hizo. Fue a darle un beso de despedida, pero él apenas se lo devolvió.

–Tengo que irme –le dijo él sin más.

Y se marchó.

Laylah se quedó en la acera un instante; le vio alejarse. De repente sintió un escalofrío que le corría por los huesos. ¿Era posible que hubiera olvidado que esa noche hacían un mes?

No. Él jamás olvidaba nada.

Minutos después de haber desaparecido el coche, dio media vuelta y entró en el edificio. Se detuvo ante la puerta del apartamento un segundo. No quería que Mira la viera con lágrimas en los ojos. ¿Por qué había insistido tanto en invitar a Mira esa noche? ¿Por qué la había utilizado como escudo para no estar a solas con ella ni un solo momento?

Después de una noche de vigilia y tormento, la luz del día trajo consigo una convicción amarga. Rashid se estaba distanciando, quizás porque le había dicho que le amaba… Como no podía corresponderla con ese mismo fervor, había optado por alejarse. Incapaz de aguantar más, agarró el teléfono y marcó su número. Él contestó al segundo timbre. Se oía un ruido muy característico de fondo. Iba en el coche.

–Laylah…

–No significaba… no significaba nada cuando te dije que te quería. Por favor, simplemente olvídalo.

Una cacofonía de ruidos… Eso era todo lo que Rashid podía oír después de haber escuchado las palabras de Laylah. De repente, un policía tocó la ventanilla. Eran los cláxones de los coches. Se había detenido en mitad de la calle. No recordaba haber terminado la llamada, ni tampoco lo que le había dicho al agente exactamente. Solo sabía que en un momento dado se había encontrado aparcado delante de la entrada de su edificio, mirando hacia su ventana.

No debería haber esperado. Debería haber insistido en casarse con ella mucho antes, pero temía asustarla.

Estar con ella, ser amado por ella, era conocer el cielo. Pero aunque hubiera hecho todo lo que estaba en su mano para impedirle ver la realidad, el tiempo le había revelado como lo que era, un monstruo, peligroso y desfigurado. Sin saber muy bien cómo, de pronto se encontró frente a la puerta de su apartamento, justo cuando ella abría la puerta. Ríos de lágrimas corrían por sus mejillas.

Antes de que pudiera decir nada, le agarró del brazo y le hizo entrar. Le abrazó con fervor y escondió el rostro contra su pecho.

–Rashid, *ya Ullah*, Rashid… Estás bien. Estás bien.

Rashid se quedó allí de pie, inmóvil, incapaz de decir o de hacer nada.

–Me volví loca cuando oi esos ruidos y la comunicación se cortó. No podía llamarte de nuevo. Pensaba que habías tenido un accidente.

–Siento haberte asustado –atinó a decir Rashid.

–Lo que importa es que estás bien –le soltó y retrocedió unos pasos–. Lo que dije… Lo decía de verdad, Rashid.

–¿Cómo voy a olvidar el privilegio y la alegría inmensa que he tenido? Recordar que alguna vez me quisiste me dará fuerzas para el resto de mi vida y al final será mi mayor logro.

El rostro de Laylah se llenó de confusión, estupefacción.

–¿Qué quieres decir? ¿Crees que yo…? Oh, no, Rashid. Solo decía que no quería obligarte a tener que corresponderme cuando te decía que te quería. No había ningún otro propósito detrás. Simplemente quería decirte lo que sentía. Pensaba que te sentías presionado por mi confesión porque el mes ha terminado y no me… no me…

–Tú pensabas… –Rashid se detuvo–. ¿Pensabas que esa declaración de amor me haría reconsiderar mi petición?

–No sabía qué pensar, así que pensé lo peor. Debes de saber qué día era ayer.

–Ayer hizo un mes del ataque. Pero esta mañana, a esta hora, hace un mes de mi petición.

Laylah abrió los ojos, llena de esperanza.

–¿Quieres decir…?

–Quiero decir que venía exactamente a la hora en que me declaré hace un mes, pero esta vez quería pedirte que… Quería suplicarte que vuelvas a pensarte lo de casarnos, y no porque te quiero y porque el honor así lo exige, sino porque mi vida ya no significaría nada sin ti.

De repente sintió unas ganas tremendas de abrazarla, y así lo hizo, jurándole que nunca volvería a dejarla ir.

Mientras le colmaba de besos, Laylah enredó los dedos en su pelo. Se lo estaba dejando crecer para ella. Su voz vibraba como una hebra de seda.

–Mi vida tampoco significa nada sin ti. Nunca significó nada sin ti. Te quiero con todo lo que soy, Rashid.

Una eternidad después, todavía henchida de amor y pasión, Laylah se estiró contra su cuerpo duro y caliente.

Su glorioso rostro tenía un resplandor dorado en las mejillas.

—Entiendo que eso ha sido un sí, ¿no?

Laylah se acurrucó mejor contra él.

—¿Es que no me has oído todas las veces que he dicho sí? Debo de haber subido la contaminación acústica de Chicago unos cuantos decibelios.

—Simplemente dame uno más ahora, en frío.

Ella se frotó el muslo contra él.

—¿Es que todavía no sabes que ese concepto es incompatible contigo?

Él la rodeó con los brazos y la atrajo hacia sí. Temblaba de emoción y había un brillo especial en sus ojos.

—Laylah… dámelo a mí. Otro sí. El definitivo y final.

Laylah le obedeció.

—Sí, Rashid. Te lo doy con todo mi ser, definitivo y rotundo.

Él suspiró, aliviado. La besó en los labios, sellando así ese pacto de vida.

Laylah volvió a rendirse a sus besos, pero esa vez había algo diferente. Siempre había sido suya, pero esa vez se había convertido en su esposa.

Antes de que Mira volviera del trabajo, Rashid se llevó a Laylah a su casa y le hizo el amor hasta el atardecer. En ese momento estaban preparando algo de comer.

—¿Tienes alguna preferencia en especial para la ceremonia? A mí me gustaría que fuera algo discreto.

Rashid se detuvo a medio camino con la salsa en la mano. Puso el recipiente sobre la isla y la atrajo hacia sí.

–No podemos pensar en la ceremonia todavía. Que me hayas aceptado solo significa que he ganado media batalla.

–¿Qué quieres decir?

–Ahora tengo que ganarme la otra mitad. Tu familia.

–¿Y qué tienen que ver ellos con lo que hay entre nosotros? Como mucho tendrán que ponerse sus trajes de gala para asistir a la ceremonia. Pero solo aquellos a los que se les permita asistir, si se portan bien.

Rashid le sujetó las mejillas con ambas manos. Por primera vez, Laylah hizo que las quitara.

–No me vas a convencer, Rashid. Mi familia tiene que permanecer fuera de nuestras vidas.

–Si de mí dependiera, me casaría contigo casi en secreto. Pero eres una princesa…

–Oh, no. ¡No empieces con eso de nuevo!

Él la abrazó de nuevo y aplacó esa obstinación a base de caricias.

–Sé que no quieres que importe, pero sí que importa. La tradición cuenta. Y necesito la aprobación de ellos también. En tu familia hay individuos muy poderosos, y a mí no me consideran un amigo precisamente. No quiero que se interpongan entre nosotros ni que te acosen con su desaprobación. Necesito… neutralizarlos un poco para que no sean peligrosos.

–¿Y cómo se supone que vas a hacer eso?

–Tal y como dicta la tradición, un tribunal de tu familia me exigirá una serie de cosas, me someterán a las pruebas más infames que se les ocurran. No me darán tu mano hasta que haya superado todas las pruebas y satisfecho todas sus exigencias.

–Vaya. Yo también quiero neutralizarles, pero no quiero tener que volver al siglo once para poder hacerlo.

–Eso es la tradición. Prácticas centenarias.

–No tengo nada en contra de esas prácticas siempre y cuando se trate de cosas inocuas, como la comida, el diseño, los festejos… Pero condeno la tradición cuando nos hace retroceder varios siglos y me convierte en un premio con un precio que pagar. En ese caso más me vale tirar a la basura mi licenciatura en Administración y Gestión de Empresas y Tecnología de la Información. ¿Qué me diferencia en ese caso de cualquier doncella vendida al mejor postor?

–En mi caso la diferencia serían los jets privados y las multinacionales –dijo él, esbozando una media sonrisa.

Laylah le dio un codazo.

Capítulo Cinco

Durante años Rashid había visto la vuelta a Zohayd como un imposible, pero eso acababa de cambiar. No solo había regresado al país, sino que en ese momento iba en una limusina, rumbo al palacio real, un lugar que había jurado no volver a pisar. Laylah estaba a su lado.

Esa era la tierra donde había pasado tantos años observándola en la distancia, incapaz de devolverle la mirada o de corresponder todo ese interés que ella le mostraba. Allí había encontrado y perdido a esos que solía considerar hermanos, había sufrido la traición que le había partido en dos… Y a partir de entonces, recuperar el reino de Azmahar se había convertido en su único objetivo en la vida. Sabía que algún día tendría que volver a Zohayd, pero jamás hubiera imaginado volver de esa manera, con Laylah como compañera. El calor de su mano le sacó de esos recuerdos oscuros.

—¿Quién nos espera en el palacio?

—Yo informé al rey Atef. Supongo que se lo habrá dicho a todo el mundo.

La sonrisa de Laylah se hizo enorme.

—Un consejo. No uses la palabra rey cuando estés delante del tío Atef. Le endosó el título a Amjad, y parece que no quiere recordar todos esos años cuando ocupaba el trono.

–Para mí siempre ha sido el rey Atef. Será muy difícil verle simplemente como el jeque Atef.

–Te entiendo. A Amjad se le da tan bien provocar y hacer enfadar a todo el mundo, destruir las reglas y el protocolo… Cuando llegó al trono pensé que no tardaría ni una semana en echar abajo el reino de Zohayd. Pero aunque haya llevado el escándalo a un nuevo nivel, ahora mismo compite con Aliyah Kamal por el puesto de mejor rey en toda la historia –se acurrucó contra él. Su sonrisa mostraba adoración absoluta–. Pero está claro que habrá que verte a ti como rey.

–Siempre hablas como si lo de llegar a ser rey fuera algo seguro en mi caso.

–Es que eso es lo que creo. Eres la persona más idónea para el puesto. Al margen de lo que yo crea o no, eres de Azmahar en cuerpo y alma, héroe de guerra condecorado, y tu éxito en los negocios supera al de Haidar y Jalal. Además, eres un Aal Munsoori.

–La gente de Azmahar odia ese nombre ahora.

–Solo odian a una rama de la familia, pero todavía reconocen a los Aal Munsoori como los monarcas legítimos –su sonrisa floreció de nuevo–. Y si hay alguien adecuado para ese papel, eres tú, Rashid –estiró las manos sobre sus hombros, su pecho y más abajo aún–. Seguramente acuñaron el adjetivo «real» para ti.

–Es evidente que tu punto de vista es de lo más objetivo –le agarró las manos.

Alguien tocó la ventanilla de la limusina. Laylah se separó de inmediato. Al volverse se encontraron con Amjad Aal Shalaan, el primo mayor de Laylah y rey de Zohayd. Les miraba a través del cristal con atención. Rashid bajó del vehículo y miró al hombre cuya aprobación tenía que ganarse. Incluso antes de su transformación en un ser maquiavélico, nunca había sido santo de su devoción.

El rey Amjad había sido víctima de un intento de envenenamiento por parte de su esposa, y a partir de ese momento su malicia se había afilado hasta extremos insospechados, pero se había casado de nuevo, no obstante. Había tomado por esposa a Maram Aal Waaked, la hija del príncipe de un emirato vecino, Ossaylan. Su idea era utilizar a Maram para lograr que su padre devolviera las joyas del Orgullo de Zohayd, las cuales, según las leyendas y leyes de la zona, otorgaban el derecho a gobernar el país. Finalmente se había llegado a saber que el padre de Maram había sido chantajeado por la antigua reina de Zohayd, Sondoss, la tía de Laylah. Así se había hecho con las joyas y le había tomado la delantera a Amjad…

Según los rumores, sin embargo, Amjad estaba locamente enamorado de Maram, y ese era uno de los motivos por el que se había ganado el apodo de El Príncipe Loco. Rashid levantó la vista y contempló esos ojos color verde esmeralda. Había provocación en ellos.

–Rey Amjad –apretó los dientes.

–Jeque Rashid –inclinó la cabeza. La maldad bullía en sus ojos–. Dicen los rumores que te has presentado voluntario para sacar de solterona a mi prima –le espetó.

Antes de que pudiera responder a semejante insolencia, Laylah le apretó el brazo.

–Me alegra mucho ver que un rey y marido agobiado como tú no ha perdido el sentido del humor, Amjad –dijo Laylah con entusiasmo.

Amjad siguió hablando con él como si ella no estuviera allí.

–Pero, bueno, se ha pasado toda la vida intentando llamar tu atención. Oh, sí. Todos nos dimos cuenta y nos espantamos, horrorizados. Era patético verla suspirar por ti. Me faltaba la respiración. Bueno, ¿cómo es que ha conseguido hacerte ver sus encantos al final? Era muy extraño. Parecías empeñado en no verla. Al final la cosa era tan sospechosa, que les tuve que pedir a Haidar y a Jalal que averiguaran bien de qué bando eras.

–También hubo una época en la que los rumores sobre tu lealtad hacia el equipo se dispararon.

La sonrisa se Amjad se hizo triunfal. Por fin había logrado picarle.

–Yo no tuve a un ángel adorador siguiéndome los talones durante años.

–He oído que la reina Maram hizo eso precisamente antes de que te… pensaras mejor tus prioridades.

Los ojos de Amjad centellearon.

–Simplemente pospuse algunas metas después de que esa novia monstruosa me echara arsénico en la bebida. Creo que esa es una buena razón para dejar a un lado a las mujeres durante unos años. ¿No crees? ¿Cuál era tu excusa?

–Mientras tú tratabas de superar esa neurosis patética y autocompasiva, yo servía a mi país y arriesgaba la vida por la paz. No me parecía justo involucrar a una mujer cuando mi vida podía llegar a su fin en cualquier momento.

Laylah le clavó las uñas en el brazo. Él le apretó la mano. Amjad, sin perderse ni un detalle, continuó con su desagradable interrogatorio.

–Pero esa existencia heroica llegó a su fin hace unos años. ¿Qué fue lo que te hizo recordar a mi devota prima de repente? ¿Cómo es que te decidiste tan rápido a llevarte el pastel?

–El motivo por el que te ignoré durante tanto tiempo… –dijo Rashid, volviéndose hacia la joven– no fue que no me hubiera fijado en ti, ni tampoco que no me interesaras. Sí que me había fijado en ti y sí que me interesabas. Pero por aquel entonces no podía permitirme poner mis ojos en ti siquiera.

Amjad resopló de manera escandalosa.

–¿Y crees que ahora sí?

Laylah se interpuso entre ellos.

–¿Aún estamos en quinto de primaria, o es que hace falta liberar un poco más de testosterona todavía? ¿Por qué no os dais una buena paliza y termináis con este jueguecito de matones del patio del cole?

Amjad bajó la vista y miró a Laylah. Su expresión era burlona, divertida, pero a ella le daba igual que fuera uno de los hombres más poderosos del mundo.

–Para pelear, dejar K.O. y demás arranques de estupidez masculina, te remito a Harres. O a Jalal. Por lo que a mí respecta, mi astucia es mi espada y mi lengua es mi látigo.

–Crees que blandes esas armas, pero en realidad es tu estatus lo que impide que la gente demuestre lo que vale en una pelea justa.

Amjad fingió estar sorprendido.

–¿Quieres decir que te contienes por respeto a mi estatus? –levantó las cejas haciendo un gesto irónico–. En este momento te declaro libre para hacerlo lo mejor que puedas. ¿O es que solo sabes hacer lo peor?

Una vez más Laylah se interpuso entre ellos. Puso una palma sobre el pecho de Amjad y la otra sobre el de Rashid.

–Basta, chicos. Cada uno en su sitio.

Amjad suspiró.

–Muy bien. Pero solo porque Rashid es una especie en peligro de extinción y le necesitamos vivo y capaz de procrear. No creo que te encontremos otra pareja si se muere.

Laylah le clavó el codo en la tripa a su primo y sonrió de oreja a oreja. Levantó la vista y miró a Rashid.

–¿Está mi padre? –le preguntó después.

–¿Esperas que esté? –dijo Amjad en un tono de burla–. ¿Ese desarrapado? Pensaba que esa sensiblería no iba contigo. Si no lo has afrontado ya, Laylah, es hora de que lo hagas. En esa generación solo hubo una manzana que no salió podrida. Mi padre es todo lo que tenemos en lo que se refiere a progenitores por aquí.

Rashid dio un paso adelante y le dio un empujón a Amjad.

–Aunque sepa la verdad sobre su padre, eso no significa que no le haga daño todavía. No hay necesidad de ser cruel.

–Oh, te aseguro que tengo que serlo –de repente los ojos de Amjad brillaron con algo más que burla. Era furia–. En el fondo eso también es amor. Y creo que ella estará mucho mejor también si cree que sus padres están tan muertos como mi madre o como los tuyos. Con solo recordar a mi tío siento ganas de darle una buena patada en el trasero, y siento lo mismo hacia cualquier persona que le mencione.

Laylah dejó escapar un gruñido.

–Juro que os pondré a cada uno en un rincón de este palacio si volvéis a decir una sola palabra. *Ya Ullah*, ahora recuerdo por qué me fui. Me ahogaba en un mar de testosterona. ¿Hay alguna mujer por aquí?

–Todas las mujeres que han invadido la guarida de los varones Aal Shalaan volverán mañana –dijo Amjad–. De momento tendrás que conformarte con la sutileza femenina de mi Maram, claro, y de Johara.

Laylah dejó escapar un silbido.

–Estoy deseando conocer a esa maravilla que te

ha echado el lazo al cuello. Y tengo ganas de volver a ver a Johara. Y a los niños. Ya sabes… Individuos sensatos y que se comportan de acuerdo a su edad.

Amjad puso una de esas caras con su sello personal.

–Muy bien. Vamos. A Rashid y a mí todavía nos quedan unas cuantas tonterías adolescentes en la agenda. Tengo que llevarle al borde de la locura antes de sentarme a dilucidar sobre su oferta para adquirir el último tesoro de los Aal Shalaan, muy bien guardado, pero un tanto deteriorado.

Laylah esbozó una sonrisa de oreja a oreja y miró a Rashid.

–Supongo diste en la diana con lo de mi apodo por estos lares –le lanzó una mirada demoledora a Amjad–. Aunque lo de guardar bien un tesoro tampoco parece ser tu fuerte, ¿no? Mira lo que pasó con el Orgullo de Zohayd, el más preciado de esos tesoros. Guarda bien tu cordura, Amjad. Rashid es todo un experto cuando se trata de arrebatarla… Bueno, la cordura y muchas otras cosas más. Te dejo a su merced, que no misericordia, *tal omrak*.

Amjad resopló al oírla pronunciar ese célebre saludo al rey, sorprendido ante tanta insolencia.

«Larga vida al rey».

Laylah se puso de puntillas. Le dio un beso en los labios a Rashid y echó a andar con desparpajo, casi bailando. Rashid la siguió con la vista hasta que se perdió por una esquina.

Amjad gesticuló con una mano al ver desaparecer a Laylah.

De repente el rey le dio una palmada en la espalda.

–Bueno, ¿cómo lo hiciste?

–¿Te refieres a cómo lo hice para no estrangularte después de oír todas esas sandeces sobre Laylah? La única razón por la que sigues vivo es que necesito que hables por mí.

Amjad dejó escapar un gruñido de lo más entusiasta.

–A lo mejor terminas cayéndome bien –le dio otra palmada–. Pero en realidad me refería a Laylah.

Rashid se puso serio. Amjad levantó las manos.

–En palabras de Laylah «cada uno en su sitio». Lo que quiero decir es que, aparte de esa lengua viperina de la que no me acordaba, esa chica estaba locamente enamorada. Sé identificar muy bien los síntomas. Mi Maram tiene la misma cara y dice las mismas cosas cuando está conmigo.

–Este debe de ser el siglo de los imposibles.

Amjad se rio.

–Sí, pero todavía sigo sin saber por qué me quiere Maram. No obstante, siempre he pensado que esa obsesión de Laylah por ti radicaba en que no estabas disponible. Pero ahora pareces estarlo, aunque este Rashid que tengo delante está bastante desmejorado en comparación con el chico que solías ser. ¿Cómo es que alguien como ella sigue interesada en alguien como tú?

–Si te refieres a esta cicatriz…

–Por favor. Eso es lo único interesante que tienes. Te imprime mucho carácter. Y también demuestra que eres humano, sobre todo porque ha habido serias dudas en ese sentido. No. No tiene nada que ver con tu aspecto. Se trata de cómo eres. Eres un hueso duro y seco. No me malinterpretes, pero eso te hace de los míos. Sin embargo, ¿cómo es posible que Laylah, ese rayo de luz constante, pueda soportarte?

—¿Y cómo te soporta Maram a ti?

Amjad le lanzó una mirada cargada de significado.

—Bueno, ¿cuál es el plan? —preguntó sin más rodeos.

Rashid sentía que el corazón le golpeaba el pecho.

—El plan es dedicarme a honrarla y a servirla durante el resto de mi vida.

—¿Y no tienes pensado quererla? —le preguntó Amjad—. A las mujeres eso es lo que más les gusta.

De repente Rashid hizo algo que jamás creyó posible hacer: apelar a los sentimientos de ese hombre enajenado.

—Tú eres un hombre enamorado, Amjad. Mírame y dime que no eres capaz de ver lo mismo en mí.

Después de otra mirada sesgada, Amjad dejó escapar una risotada.

—Ya lo creo que no. Veo esos síntomas de locura, de amor incondicional, aunque debo decir que te pega tan poco como un vestido rosa a un oso pardo.

Pero sí que lo veo por todas partes. Lo llevas escrito en la frente. Pero parece que te niegas a decir las palabras, ¿no?

—Las palabras apenas hacen justicia a lo que siento por ella —guardó silencio un instante. Era el momento de poner las cartas sobre la mesa—. Te pido que formes un tribunal con los miembros de la familia Aal Shalaan para que me concedan la mano de Laylah.

Amjad esbozó una sonrisa.

—Es evidente que te quedaste atrapado en alguno de esos cuentos de los caballeros del desierto, ¿no? ¿Tribunal? Desde luego.

—Es la tradición de tu familia—. Rashid contó hasta diez.

—Tradición, maldición… Yo soy el rey de Zohayd, chaval. Juego al ajedrez con los miembros de ese tribunal. Ya verás cómo les pongo en fila en un santiamén.

—Entonces es tu decisión lo que cuenta. Muy bien. Pon tus condiciones.

Amjad le señaló con el dedo a la altura de la frente. Le dio tres golpecitos.

—¿Es que no hay ningún sentido del humor ahí dentro?

Rashid le apartó la mano. Amjad levantó los brazos con dramatismo.

—¿Sabes una cosa, Rashid? Te hubiera caído una buena al primer síntoma de adulación, pero fuiste tú el primero que amenazó con matarme, así que creo que me tienes en el bote. Sí, alégrate. Has pasado la prueba –volvió a ponerle el brazo sobre los hombros–. ¿Qué tal si vamos a hacer el paripé un rato y a fingir que ese tribunal mío tiene algo que decir?

–¿No dijiste que tu palabra es lo que cuenta, Rey de Zohayd?

–Así es. Pero muy pronto tú serás rey de un reino que muchos dolores de cabeza ha dado ya. Vas a ser mi aliado en política y me estoy haciendo un favor a mí mismo mostrándote los entresijos del trono y la corte. Sí. Me encanta entrenar a mis aliados a mi gusto. Soy así de caritativo.

Rashid se detuvo. Aquello era totalmente inesperado. Que Amjad diera por sentado que sería rey de Azmahar… de esa forma. ¿A qué estaba jugando? Trató de sondearle un poco más, esperando sacar algo en claro.

–Es extraño que des por sentado que voy a ser rey cuando tus dos hermanos compiten por la misma posición.

Amjad le restó importancia al argumento con un gesto.

–Haidar y Jalal serían buenos gobernantes, supongo, pero sus corazones están en otro lado. El tuyo, en cambio, está en el sitio adecuado. Te juegas mucho más en Azmahar y es por eso que te vas a ganar muchos más votos.

–No lo conseguiría sin contar con tu apoyo, y eso es lo que ellos tienen.

–¿Porque son mis hermanos? ¿Crees que soy así de nepotista? ¿Yo? Vaya, vaya. Vergüenza te tenía que dar. ¿Has olvidado que solo son mis medios hermanos? Llevan la sangre de Sondoss en las venas, así que son medio demonios. Teniendo en cuenta que tú solo eres medio tonto, también sales ganando en ese aspecto.

Rashid miró al cielo.

–¿Es que nunca vas a parar?

Sorprendentemente, el rey guardó silencio mientras atravesaban los majestuosos pasillos de mármol. Al llegar a las imponentes puertas dobles del vestíbulo, volvió a hablar de nuevo.

–No hay prisa por llevar a cabo esas siete pruebas, Hércules. Vas a tener que pasar por todas ellas a lo largo de vuestra vida juntos –dijo y entonces entraron en el amplio recibidor–. Cuando veas a Laylah, dando a luz a tu hijo, aprenderás el verdadero significado de la palabra «terror», llegarás al límite de lo que puedes soportar, y lo pasarás.

Se detuvieron debajo de la cúpula central. Allí estaban los familiares de Laylah, sentados en filas como el senado romano.

Amjad le dio un puñetazo en el brazo.

–Bastardo afortunado –dijo.

Era extraordinario ver a Amjad en acción. Mientras informaba a los mayores de las intenciones de Rashid, hizo todo lo contrario de lo que se esperaría de un monarca, o de alguien en su sano juicio. Llevaba veinte minutos criticando, burlándose y despreciando a todos los presentes, incluyendo a su padre. Su ingenio e inventiva parecían no tener límites, pero lo más arrollador de todo era que la gente parecía adorarle de esa manera. No solo le obedecían, sino que prácticamente le invitaban a seguir metiéndose con ellos. A lo mejor debía tomar algunas clases en la escuela monárquica de Amjad, rey de Zohayd.

De repente, todo el mundo empezó a abandonar la estancia. Laylah avanzaba hacia él desde el otro lado del amplio corredor. Su vestido vaporoso no hacía sino enfatizar cada curva de su cuerpo.

–¿Esos fósiles han accedido a que me «saques de solterona»? –le preguntó, sonriente–. ¿O voy a tener que entrar ahí y demostrarles de qué es capaz el último y desvencijado tesoro de Zohayd?

Maram soltó el aliento.

–Eso me suena a Amjad.

Laylah se rio.

–Ponle un poco de disciplina, ¿quieres?

–Será un placer –dijo Maram, riéndose–. Aunque sospecho que para él también. Creo que se porta mal a propósito.

Amjad atrajo a su esposa hacia sí.

–Como cualquier esclavo de amor que se precie, yo vivo para provocar el próximo castigo.

Maram se rio a carcajadas.

–¿Y bien? ¿Voy a tener que tomar medidas drásticas? –preguntó Laylah.

Antes de que Rashid pudiera decir nada, Amjad les mostró el teléfono que le había entregado el jefe de la guardia real cuando salían del vestíbulo.

Se lo entregó a Laylah.

–Pensé que debías tener un recuerdo de mi demoledor y afilado discurso para nuestra familia, gracias al cual te he conseguido a ese novio que te va a salvar de un destino peor que la muerte.

–¿Has grabado la entrevista? –exclamó Laylah, agarrando el aparato.

Un momento después todos tuvieron oportunidad de deleitarse con el implacable discurso de Amjad. Ni siquiera les había dicho nada de la oferta de Rashid. Simplemente se había dedicado a pulverizarlos antes de anunciar el matrimonio como un hecho. Finalmente les había dicho que les haría llegar los documentos del decreto real para que pusieran los sellos correspondientes.

Laylah gritó, anonadada.

–¡Amjad! ¡Estás loco, pero eres un loco genial!

Amjad hizo un gesto, restándole importancia a sus palabras.

–No me va eso de hacer regalos, así que considéralo como un presente.

Laylah le dio un sentido abrazo.

–Oh, Amjad, ¡te quiero!

El rey se apartó de ella y la señaló con un dedo acusador.

–No vuelvas a hacer o a decir eso jamás. Jamás.

Laylah le guiñó un ojo a Maram.

–Tu amante dueña aprueba un abrazo ocasional de tu hermanita querida –dijo, riéndose.

Por alguna extraña razón Rashid no era capaz de compartir el entusiasmo de los otros tres. Tenía una ominosa sensación en las entrañas. Era imposible que todo fuera a salir tan bien. ¿Cuándo llegarían los obstáculos?

Los primeros surgieron esa misma tarde. Los miembros de la familia Aal Shalaan no dejaban de aparecer para darles la enhorabuena, pero sus buenos deseos y sonrisas no hacían más que aumentar su inquietud. Poco después llegó el momento de anunciar que la boda se celebraría en Azmahar, una semana más tarde. Y entonces fue cuando todo se torció.

Maram y Aliyah se erigieron como portavoces de las mujeres, e insistieron en que era imposible preparar una boda real en siete días. Al parecer ya habían tenido que trabajar a contrarreloj para el enlace de Jalal. Necesitaban un mes al menos y el plazo era definitivo. Amjad apoyó las palabras de su esposa, y Laylah, por su parte, no puso demasiadas objeciones, así que Rashid no tuvo más remedio que aceptar las condiciones y posponer la boda.

Sin embargo, a partir de entonces empezó a sentir que cada momento era parte de una cuenta atrás que terminaría en una explosión arrasadora... que lo destruiría todo.

Capítulo Seis

Rashid apretó los dientes mientras Laylah le susurraba al oído. Habían pasado diez días desde su llegada a Zohayd. Todos los preparativos nupciales habían concluido y en un par de días se trasladarían a Azmahar, para arreglarlo todo en el lugar donde se celebraría la ceremonia, pero durante esos dos días tendría que estar separado de Laylah.

Ella se las había ingeniado para colarle en su aposento, tendiéndoles una pequeña trampa a sus compañeras de dormitorio. En otras circunstancias, él se hubiera opuesto al plan, pero esa vez no había sido capaz. Tenía que convencerla para que abandonara esa decisión tan peligrosa que había tomado. Ella le rodeó con los brazos. Su cabello se derramaba sobre sus hombros, desprendiendo una agradable fragancia.

Incapaz de contenerse más, Rashid se dio la vuelta, la sujetó con fuerza y tiró de ella hasta hacerla caer sobre su regazo. Laylah se rio, se rindió a su abrazo.

–Voy a visitar a mi madre –dijo Laylah–. Fuiste tú quien insistió en meter a mi familia en todo esto.

–Pero me refería a las serpientes no venenosas.

–Yo tengo un cuarto de serpiente en los genes.

–Ese gen se saltó tu generación.

–Pero a lo mejor es buena idea seguir en contacto con la estirpe siniestra, simplemente para aprender a manejar bien la vena malvada. A lo mejor el gen no se salta la próxima generación.

–Sí que lo hará. Ese gen termina con tu madre y tu tía.

Ella le sujetó las mejillas con ambas manos.

–Necesito librarme de esta amargura crónica. Solo desaparecerá si vuelvo a ver a mi madre, si hablo de todo esto con ella –deslizó los dedos sobre la cabeza de Rashid. El cabello le había crecido unos centímetros ya–. También siento esta necesidad imperiosa de demostrar que he hecho algo por mí misma. Quiero hacerle ver que me he llevado a un hombre que vale mucho más que esos con los que me quería casar.

–Lloverá a cántaros en el desierto de Azmahar antes de que tu madre cambie de opinión sobre mí.

Laylah se rio suavemente. El tintineo de su risa no hizo sino tensarle más los nervios.

–No te vayas, si me quieres.

Rashid hizo una mueca. Sus palabras habían sonado tan desesperadas. Ella le acarició la cicatriz.

–Eso va a ser un problema, porque yo no te quiero a ti. Simplemente eres parte de mí, y hasta ahora eres dueño de mi corazón.

–¿Hasta ahora?

–Estoy dando por sentado que en el futuro habrá pequeños Rashid con los que tendrás que compartir ese lugar.

La idea de tener hijos con ella le silenció.

—Mi madre no asistirá a la boda. No podrá poner en práctica sus estrategias de sabotaje. La veré en el exilio y volveré en menos de cuarenta y ocho horas. Y, no. No puedes venir conmigo. No soy tan tonta como para exponerte a sus ardides. Además, tienes mucho que hacer. Lo sé. Fui yo quien preparó tu agenda de trabajo.

La única forma de detenerla era decirle aquello que había jurado llevarse a la tumba, contarle cómo había empezado todo… Tiró la toalla. La dejó ir. No tendría más remedio que pasar dos días volviéndose loco en soledad, más loco de lo que ya estaba.

Se puso en pie, la tomó en brazos y la llevó al cuarto de baño.

—Si vas a irte, entonces quiero hacerte el amor primero.

—Debería castigarte por el celibato al que me has sometido estos días —dijo ella, bromeando.

Él cerró la puerta.

—Pero tengo demasiada sed de ti.

Él le dio un beso arrebatador, metiéndole la lengua y empujando hacia dentro.

—No tanta como yo de ti.

La hizo tumbarse sobre una mullida alfombra color crema, le arrancó la ropa del cuerpo. Estaba sediento, hambriento de ella, enloquecido. Habían pasado diez días desde la última vez que habían hecho el amor. La penetró con una embestida poderosa, deslizándose en el río de placer que llevaba hasta lo más profundo de su ser. Sus gritos le llevaron al borde de la locura rápidamente. Empujó una y otra vez, llegando más y más adentro. Cada golpe generaba una onda expansiva de delirio que le salía de las caderas y se propagaba por todo su cuerpo. La fricción y la fiereza del deseo no tardaron en llevarles al límite de la cordura. En cuestión de segundos cayeron por ese precipicio que llevaba al más puro éxtasis y Rashid derramó toda la pasión en sus entrañas.

Mientras Laylah temblaba, un oscuro sentimiento de posesión se apoderó de él. Durante una fracción de segundo, deseó obligarla a quedarse. Podía mantenerla prisionera...

Los labios de ella se abrieron sobre su cicatriz. Murmuró su nombre, dijo algo sobre su amor... Una chispa de fuego se encendió en las pupilas de Rashid. Nada tendría sentido si no la dejaba actuar libremente. Tenía que dejarla marchar. Al darle el último beso, rezó... Para que nada ni nadie se interpusiera jamás entre ellos.

A cada segundo que pasaba, Laylah estaba más segura de ello. Su madre parecía haberse vuelto más difícil que nunca. El exilio de Somayah, aunque viviera en una lujosa residencia en Jamaica, había sacado lo peor de ella.

Tan mayestática como siempre, y dolorosamente hermosa, su madre la recibió con toda la pompa de siempre. Su pelo parecía más rubio que nunca, pero seguía llevándolo recogido en ese moño tan característico. Ni siquiera se había molestado en fingir un mínimo de alegría al ver a su hija, y las noticias no parecían importarle en absoluto.

Al parecer ya estaba muy bien informada.

Somayah bajó la vista y la miró con un desprecio creciente.

–¿Crees que vas a impresionarme? ¿Que vas a enseñarme todo el éxito que has tenido, contra todo pronóstico?

–Mi negocio empieza a ir muy bien, y me voy a casar con el hombre que será rey de tu tierra natal. A mí me parece que sí hay material para impresionar.

La mirada de Somayah se prendió como una mecha.

–Quería que dejaras de ser una princesa de segunda y te convirtieras en una reina. Trabajé duro para conseguir ese matrimonio que te situaría en el trono.

–Entonces más razón para que aprecies la ironía de todo esto. Aunque fracasaste en tu propósito de emparejarme con esas ratas cuya única baza era su sangre azul, terminé con un hombre que va a ser rey, porque se lo merece.

–La ironía abunda, desde luego que sí. Que hayas rechazado a todos esos hombres porque te querían por tu sangre Aal Shalaan, y que ahora escojas a uno que te quiere justamente por eso también.

A Laylah se le cayó el corazón a los pies. Su madre estaba dando por sentado que... Era evidente. ¿Qué otra cosa podía haber pensado? Creía que el linaje era la única cualidad que había en ella, y daba por hecho que todo el mundo iba a pensar lo mismo.

—Pero todos esos hombres fueron lo bastante honrados como para declarar sus intenciones. Este despojo de la rama más infame de los Aal Munsoori, infecto de odio hacia cualquiera con un rango superior, te está manipulando. Ni siquiera te hace el favor de decirte claramente que eres la pieza que necesita para llegar a ser rey.

Laylah sintió que el corazón se le ralentizaba, como si tuviera miedo de dar el latido siguiente.

—¿De qué…? ¿De qué estás hablando?

Somayah la miró con ojos de asombro.

—Siempre supe que no tenías ni las más mínima intuición. Pero que ni siquiera hayas sospechado todo esto es demasiado. Durante tus primeros diecisiete años de vida, Rashid Aal Munsoori ni siquiera sabía de tu existencia aunque le siguieras como un perrito faldero, suplicándole una caricia.

Laylah contuvo el aliento y Somayah dejó escapar una risotada estridente, casi espeluznante.

—Daba vergüenza ajena. Ese fue mi mayor foco de frustración contigo, sobre todo cuando le veía disfrutar ignorándote. Pero tú te humillabas todavía más. Te morías por una migaja de atención, y cuando por fin te la daba, suspirabas de amor. Y entonces, al igual que todos esos vástagos minados de complejos, mordió la mano que le daba afecto y cariño. Hizo todo lo que pudo para destruir a tu dinastía, pero como tú no puedes ser más patética de lo que eres, supongo que encontraste la forma de convencerte de que en el fondo había algo bueno en él. Seguramente creerías que tenía una razón noble para hacer lo que hacía.

—No sabes nada de él, ni en el pasado ni ahora.

—Sé mucho más que tú, niña estúpida. ¿Ni siquiera te has preguntado por qué te convertiste de repente en el objetivo de unos secuestradores, cuando llevabas tanto tiempo en los Estados Unidos sin haber tenido ningún problema? Ya habías dejado de ser una candidata perfecta para un secuestro. La mitad de tu familia estaba en el exilio y la otra mitad había dejado de ocupar los puestos más altos en la jerarquía aristocrática. ¿No se te ocurrió pensar cómo apareció allí de golpe en el momento justo?

—No…

—Déjame adivinar lo que pasó después. Le estabas tan agradecida porque te había salvado, tan agradecida por haber tenido la oportunidad de estar con él, que te pegaste a él como una lapa. ¿Fingió corresponderte desde el principio, o se resistió un poco para volverte loca del todo? ¿Durante cuánto tiempo te tuvo suspirando antes de dejarte acercarte más? Conociéndote como te conozco, supongo que te habrás arrojado a sus pies y se lo habrás puesto todo en bandeja. Bueno, e imagino que al final él lo tomó todo, ¿no?

De repente Laylah empezó a sentir que le fallaban las piernas. Se desplomó sobre el butacón más cercano.

–¿Durante cuánto tiempo siguió con la farsa? ¿Cuándo te pidió que te casaras con él? Supongo que te lo haría pasar un poco mal al principio. ¿No te resultó extraño que después de toda una vida rechazándote, después de haberle declarado la guerra a tu familia, irrumpiera en tu vida de repente, salido de la nada, y arriesgara su vida por salvar la tuya? Y después, en un tiempo récord, te pidió que te casaras con él, ¿no?

Silenciada por el dolor, Laylah no podía hacer otra cosa que mirar a su madre.

–Déjame decirte por qué te aguanta con resignación –masculló Somayah–. Eres el único remedio para su problema, una falta grave de sangre Aal Shalaan. Un lazo de sangre con el rey de Zohayd será lo único que le colocará en el trono de Azmahar mediante el matrimonio. Y la única fémina disponible en la familia Aal Shalaan eres tú –Somayah se inclinó sobre ella para asestarle el golpe de gracia–. Pero no podía acercarse a ti de esa manera, no podía decirte que te necesitaba para forjar una alianza con el rey de Zohayd. Te conozco bien y sé que hubieras accedido a cualquier cosa que te pidiera, pero él no podía arriesgarse a despertar la ira de los Aal Shalaan, sobre todo de ese loco de Amjad. No podía dejar que nadie sospechara, así que tenía que hacerte creer que todo era real. Como es perfectamente consciente de ese enamoramiento tuyo, solo necesitó hacer un poquito de teatro para tenerte a sus pies, y para que le dieras las gracias al destino por traerle de vuelta a tu vida. Mordiste el anzuelo.

–Por favor… Para.

Su madre se incorporó.

–No tengo nada más que decir. Ahora ve y sacrifícate ante el altar, por tu obsesión por ese psicópata. Deja que te pase por encima en su camino hacia el trono de Azmahar. Una vez se siente en él, te dará la patada. O a lo mejor te utiliza para engendrar un heredero que lleve la sangre de los Aal Shalaan.

Laylah miró a su madre fijamente. No sabía qué decir, qué pensar…

–Ve y pregúntale. Mírale a los ojos cuando te conteste. Si estás completamente segura de que todo lo que he dicho es falso, olvídalo todo sin más.

Somayah dio media vuelta y abandonó la estancia, dejando el rastro de su exclusiva fragancia tras de sí.

–¿A qué juegas esta vez, Rashid?

Rashid gruñó al oír el sonido de esa voz. Era Haidar, aquel que había sido su mejor amigo. Lo odiaba tanto como le había querido en el pasado. Pero en ese momento no tenía tiempo para reanudar las hostilidades. Tenía que estar en el aeropuerto para recibir a Laylah. Estaba deseando verla.

Se volvió hacia Haidar. Estaba apoyado en la puerta de su dormitorio, en el palacio de Azmahar. Le obstruía el paso con un gesto desafiante y despreciativo. Rashid echó a andar y pasó por su lado con una mirada de indiferencia.

Haidar le agarró del brazo.

–¿Lo de casarte con Laylah es una estrategia de guerra?

Rashid dio media vuelta y le plantó cara.

–Ella no tiene nada que ver.

–¿Qué quieres que crea? –le preguntó Haidar–. ¿Quieres que crea que te enamoraste de ella y que por eso te quieres casar con ella?

Rashid se zafó de Haidar con brusquedad.

–Me da igual lo que pienses. ¿Te vas o necesitas ayuda?

Haidar volvió a interponerse en su camino, furioso, impaciente, amenazante.

–Sea lo que sea lo que tengas en contra de Jalal y de mí, puedes hacernos lo que quieras. Podemos soportarlo. Pero Laylah siempre te ha querido, y si la estás utilizando, la destruirás.

–¿Crees que tengo que usar a alguien para ir a por ti?

–¿Entonces se trata del trono? Si estás tratando de completar la última fase de tu campaña, te ahorraré el esfuerzo. La batalla no será necesaria. Me retiro de la carrera. Y puedo hacer que Jalal haga lo mismo. Pero no le hagas esto a ella.

Algo se quebró dentro de Rashid. Agarró a Haidar y le estampó contra la pared.

–Voy a decirlo una vez, Haidar. Siempre he querido a Laylah, pero ahora no veo forma de existir y de vivir sin ella. Antes que hacerle daño, prefiero morirme. Así que si te atreves a insinuar otra cosa, ya no pelearé más contigo. Te mataré.

Haidar le clavó los dedos en la mano. Soltó el aliento.

–Ese orgullo tuyo, ese sentido del honor tan patológico, te impidió tomar todo lo que te correspondía, nuestro apoyo, el amor de Laylah. Y te hizo cargar con las deudas de ese bastardo de tu tutor, hasta el punto de echar por la borda toda una vida para pagarlas, sin ayuda de nadie.

–Pero cuando realmente necesité ayuda, y ayudarme entraba en conflicto con tus intereses, no te importó nada si vivía o moría.

Haidar le miró con ojos de estupefacción.

–Así que no creas que te vas a librar ahora porque eres el primo de Laylah.

Haidar, todavía confundido, esbozó una media sonrisa.

–¿Ni siquiera porque ella te lo pida? Si la quieres tanto como dices, harás todo lo que ella quiera. Igual que yo por Roxanne.

–Debo obedecerla, aunque me vaya la vida y el honor en ello. Pero si ella me lo pide, a lo mejor le digo la verdad sobre ti. Si llegara a saber lo que hiciste… –dijo Rashid.

Haidar explotó.

–¿Y qué demonios hice? A ver, dime.

–Me maldijiste.

Haidar le miró, asombrado.

Rashid pasó por su lado a toda prisa, dejándole claro que esa vez no podría detenerle.

–La salvación me aguarda, y tú me impides llegar hasta ella. Te mataría por eso solamente.

En cuanto atravesó la puerta, su corazón se paró un instante.

Laylah estaba a unos metros de la puerta. Corrió hacia ella, temiendo que hubiera podido oír algo.

–*Habibati*… –le dijo, besándole la mejilla, la frente, los labios–. ¿Cómo es que estás aquí ya?

–Aterrizamos antes.

–¡Y Zaaher no me lo dijo!

–Fui yo quien insistió, así que ni se te ocurra pagarla con él.

–Tú mandas –le dijo, feliz de tenerla entre sus brazos otra vez.

–Es extraño ver cómo tienes a Rashid a tus pies, Laylah.

Haidar se detuvo junto a ellos. Le dio un beso en la frente a su prima y miró a Rashid con una expresión calma, pero tensa. Ella le devolvió el beso y la sonrisa.

–Es como ver a un tiburón haciendo acrobacias en una piscina. Jamás me lo hubiera esperado. Pero sigue trabajando duro, *ya bent al amm*. Saber dominar a una fuerza imparable será muy útil. Para nosotros.

Rashid se mordió la lengua.

En cuanto Laylah se despidió de su primo, se la llevó a sus aposentos. Jamás volvería a dejarla ir.

Laylah se aferró a Rashid como si no hubiera mañana. Se sentía rescatada de ese infierno de dudas y miedo. Antes de que pudiera decir nada, él le dio un beso en el cuello y empezó a chuparla como si quisiera absorberla. Un momento más tarde sintió esa erección tan potente contra el vientre. Solo tenía que dejarse llevar y él llenaría ese vacío.

Lo olvidó todo.

—Rashid, hazme el amor.

Ante esa súplica urgente, él le levantó el vestido y la hizo enroscar los muslos alrededor de sus caderas. Le arrancó las braguitas y la deslizó hacia arriba hasta dejarla a la altura de su miembro. Ella sintió el calor y la dureza sobre la entrada de su sexo.

Obedeciéndola, Rashid la dejó caer sobre su erección al tiempo que empujaba con todas sus fuerzas. Nada más sentirle dentro, Laylah se hizo añicos. Gritó, sacudida por un violento orgasmo que liberó toda la tensión. Se contrajo a su alrededor. Encendiéndose con ella, él empujó una y otra vez, alimentado los espasmos que la hacían estremecerse, mezclando sus gruñidos con los gemidos de ella.

—*Aih, khodeeni kolli, eeji alai.* Tómalo todo de mí.

El placer siguió haciéndoles vibrar hasta que él gruñó ferozmente y la embistió con toda su fuerza. Mientras vertía todo su espíritu dentro de ella, la besó en los labios, la meció suavemente y la satisfizo hasta el último temblor.

—Te eché de menos con locura.

—Pero si… no han pasado… ni dos días.

Con ella enroscada alrededor de la cintura todavía se retiró con sumo cuidado. Ella gimió, contemplándole, admirando su belleza. Él se incorporó.

Los músculos le vibraban por debajo de la camisa. Se puso los pantalones. Sus emociones eran un libro abierto.

Laylah no podía fingir más. La duda la carcomía por dentro, le arrebataba la vida. Tenía que asegurarse. ¿Y si él se lo negaba? ¿Volvería a sentirse segura alguna vez? ¿Se disiparían las dudas?

Se preparó para saltar por el precipicio.

–¿Necesitas casarte conmigo para ser rey de Azmahar?

Su rostro se cerró, pero Laylah tuvo tiempo de ver ese gesto de alarma, la sorpresa… Todo lo que su madre le había dicho… era cierto.

Rashid se quedó mirándola. Era como si el corazón le hubiera explotado. Por fin había llegado el momento; ese momento que tanto había temido. La catástrofe que acabaría con todo ya era inminente. Abrió la boca para hablar y su voz sonó desesperada.

Rashid le clavó los dedos en los hombros. Se sentía como si estuviera a punto de desaparecer si no se aferraba a ella.

–Me da igual el trono. Solo me importas tú. Tienes que creerme.

–Pero es cierto que sin una alianza con Zohayd, no podrás reclamar el trono, ¿no?

–La gente de Azmahar creen que necesitan una alianza con Zohayd para sobrevivir. Yo siempre he creído que esa dependencia de Zohayd era muy poco ventajosa, y quiero que Azmahar sea totalmente independiente si llego a ser rey. Pero estaba claro que si quería acceder al trono tenía que forjar una alianza con Zohayd. La única forma de rivalizar con el lazo de sangre que unía a Haidar y a Jalal con el rey de Zohayd era formar otro lazo con el monarca.

–Y la única forma era mediante el matrimonio –la voz de Laylah era tan indescifrable como su rostro–. Y como yo soy lo más próximo a una hermana para el rey Amjad, y soy la única fémina disponible en la familia de los Aal Shalaan, no tuviste elección. Así que me seguiste la pista, fingiste que no me aborrecías tanto como al resto de mi familia y me tendiste una trampa. Una vez me dejes embarazada y tu heredero perpetúe ese lazo de sangre, me tirarás a la basura porque soy escoria, ¿no?

–Fueran cuales fueran mis planes, todo cambió esa primera noche, esa primera hora.

–No fue una coincidencia que estuvieras ahí esa noche. Llevaba semanas sintiendo tu presencia.

Él guardó silencio. Su vergüenza era evidente.

–Me estabas vigilando, como un cazador que acecha a su presa. Averiguaste cuáles eran mis hábitos, los lugares que frecuentaba, y usaste toda esa información para acceder a mí. Una vez estableciste ese contacto supuestamente accidental, usaste todos los datos que habías recopilado para manipularme, para hacerme morder el anzuelo. Y lo hice.

Agujas calientes atravesaron el corazón de Rashid.

–Eso es cierto, pero todo cambió cuando te atacaron. Todo cambió en ese momento. Todo.

–¿Te refieres a ese ataque que tú mismo planeaste? ¿A ese rescate que orquestaste e interpretaste tan bien?

Rashid se quedó perplejo. La realidad superaba a sus peores temores. Ella creía que…

–Si me hubieras pedido matrimonio, uno de conveniencia, yo hubiera dicho que sí de inmediato. Hubiera aprovechado la oportunidad. Te quería tanto que estaba dispuesta a casarme contigo aunque solo fuera un mero trámite. Si hubieras ido con la verdad por delante, los planes te hubieran salido mucho mejor que con esta farsa.

–No era una farsa. Cada momento que he pasado contigo ha sido lo único verdadero en mi vida…

Los ojos de Laylah se llenaron de lágrimas.

–Pero ni siquiera puedo culparte. Fui yo quien se arrojó a tus brazos. Tú solo hiciste lo que yo te pedía y me utilizaste a tu antojo. Me merezco todo lo que me hagas.

De repente se echó a llorar. Ríos de lágrimas corrían por sus mejillas.

Él se arrodilló frente a ella. Un delirio insoportable se había apoderado de él.

–No dejes que el dolor te lleve tan lejos. Te lo suplico –le dijo–. Hazme lo que quieras, pégame, aráñame, mátame si quieres… Pero no me conviertas en un demonio cuando no soy más que un loco patético. Sí que tramé ese plan, pero no pude llevarlo a cabo.

–Incluso llegué a engañar a Amjad, por ti –dijo Laylah. No parecía escucharle. Parecía que hablaba consigo misma–. Hubieras llegado hasta el final, de no haber sido porque yo averigüé la verdad.

–Esa no es la verdad.

Ella se alejó, pero no llegó muy lejos. Se desplomó unos metros más adelante. Terminó con la frente pegada a la pared, temblando.

–Puedes culparme por todo, pero por favor, no creas que yo provoqué ese ataque.

–¿Sabes que mi primer recuerdo eres tú? Fue cuando cumplí cuatro años. Estabas detrás de Haidar. Llevabas unos vaqueros azules y una camiseta negra. Pensé que eras lo más bonito que había visto nunca. Cuando soplé las velas, pedí un deseo. Quise que fueras mi amigo. Pensaba que teníamos mucho en común. Los dos éramos unos forasteros. Nadie nos quería lo suficiente. No éramos importantes para nadie. Yo vivía soñando con que nos convirtiéramos en los mejores aliados, para enfrentarnos a todos y a todo. Malgasté toda mi vida amando a alguien que no existía más que en mi imaginación. Y a partir de ahora viviré llena de arrepentimiento por todas esas emociones y momentos que he tirado a la basura por ti.

Él se arrastró hacia ella.

–No digas eso. No te hagas esto, ni me lo hagas a mí. Yo nunca mentí sobre mis sentimientos.

Ella dejó caer la cabeza sobre su hombro. Durante unos segundos, Rashid pudo ver a su Laylah. Pensó que podría llegar hasta ella de nuevo.

–Yo hubiera dado mi vida por ti, Rashid. Pero ahora preferiría morir antes que tener que volver a verte.

Se apartó de él bruscamente y se puso en pie. Le miró un instante. Él seguía de rodillas.

–Desearte que sufras tanto como yo no funcionaría, porque no tienes corazón, así que me conformo con hacerte el daño que me has hecho a mí. Me aseguraré de que no consigas la única cosa que te importa. El trono.

Capítulo Siete

–¿Pero cómo has podido perder a esa chica?

El sarcasmo de Amjad fue como el filo de un cuchillo sobre la piel de Rashid.

–Debes de haber cometido la estupidez del siglo para que alguien que te adora tanto te abandone de golpe.

–Escucha, Amjad –masculló Rashid, furioso–. No me he encontrado así más que una vez en toda mi vida. Me partieron en dos y se me escapaba la vida. Sin embargo, aun así me las arreglé para matar a los que me torturaban. Eran ocho. Y ahora estoy mucho más desesperado.

–Vaya. ¿Te das cuenta de que acabas de amenazas a un rey en su propio palacio? ¿O es que realmente estás tan lejos de aquí como aparentas?

–Con unas pocas palabras más, esa amenaza puede convertirse en realidad. Y no vayas a creer que la guardia real podrá ayudarte. Puedo acabar contigo en un abrir y cerrar de ojos.

–¿Sabes una cosa? –Amjad le miró de arriba abajo–. Creo que es cierto. ¿Pero qué pasaría después? Mataste a tus torturadores en el pasado, y supongo que fueron ellos quienes te dejaron este recuerdo tan encantador –señaló la cicatriz que tenía en la cara–. Y lograste escapar. Sobreviviste. Pero en este caso no veo que las circunstancias vayan a ser parecidas, porque esta vez no vas a sobrevivir, no sin Laylah.

Al oír su nombre, Rashid sintió que el control se le escapaba de las manos definitivamente.

–Me encuentro en un punto donde francamente no me importa lo que pase después. Si no te quitas de mi camino, te mataré por placer.

Amjad hizo una mueca.

–¿Es por eso que Laylah canceló la boda? ¿Se enteró de tus tendencias homicidas?

Rashid ni siquiera se molestó en esconder la verdad.

–Cree que quiero casarme con ella solo para asegurarme una alianza con Zohayd. Una alianza contigo.

–Eso no es cierto. Evidentemente, estar casado con ella ayudará bastante a suavizar las cosas cuando pases a formar parte de mi camarilla. Pero eso solo es un daño colateral. Realmente la quieres.

–¿Quererla? El amor es una emoción con condiciones, manchada por el egoísmo. He usado la palabra. He fingido que se asemeja a lo que siento. Pero no puedo describir lo que siento por Laylah. Hay cosas que están bien y cosas que están mal. Existe el honor y el deshonor. Pero cuando se trata de ella, solo es ella. No hay nada que no podría hacer. No hay nada que no podría soportar o sacrificar, por ella.

Amjad levantó las manos.

–Si agachas la cabeza y te arrastras ante ella hasta que no quede nada de ti, se retractará, te sacará del infierno y te devolverá al paraíso… Soy buen fisionomista, Rashid. Se me da bien entender a la gente, sobre todo a los hombres. Tú estás enfermo, pero de honradez. Jamás asustarías así a una mujer, ni siquiera para conseguir un trono, así que… ¿De dónde sacó esa idea ella?

Rashid se sorprendió. Miró a Amjad, confuso.

–Me dijo que no me dejaría convertirme en rey. Pensaba que iba a contarte su versión de los hechos, para terminar con mis posibilidades de alianza con Zohayd. ¿Por qué se lo calló todo?

Amjad esbozó una media sonrisa.

–¿Lo ves? Todavía le importas –Amjad sonrió de oreja a oreja–. Te diré una cosa. Hablaré con Laylah. La haré enfadar hasta que se vea obligada a hablar contigo de nuevo –esbozó una última sonrisa, dio media vuelta y se alejó.

De repente Haidar y Jalal irrumpieron en el palacio. Fueron hacia él con paso decidido. Sus rostros estaban cargados de odio. Haidar le dio un puñetazo en el pecho sin mediar palabra.

–Me mentiste.

Jalal caminó a su alrededor.

–Sí que tenías intención de utilizarla para acceder al trono, ¿verdad?

Haidar le zarandeó con violencia.

–Y te presentas aquí, con este aspecto de loco…

¿Para qué? ¿Acaso has venido a suplicarle a Amjad para que no retire su apoyo? Sí. Sabemos que él piensa que eres el candidato número uno. Esa comadreja... Pero ha resultado ser una comadreja estúpida. Incluso conseguiste engañarle a él.

Rashid empujó a los dos hermanos.

—Podéis iros al infierno con vuestro trono. Os mandaría yo mismo si tuviera tiempo. Pero no lo tengo.

Echó a andar y logró llegar al primer piso, pero Haidar y Jalal le alcanzaron rápidamente. Le metieron en una sala de reuniones vacía.

—No vas a escapar esta vez —masculló Haidar.

—Vamos a poner todas las cartas sobre la mesa de una vez y por todas —Jalal cerró la puerta y se volvió hacia él—. Y cuando digo todas, son todas.

Rashid se imaginó a sí mismo, liquidándolos en un abrir y cerrar de ojos. Podía hacerlo, en una fracción de segundo.

—¿Todavía queréis seguir fingiendo que no sabéis por qué os odio? ¿Todavía queréis evadiros de toda responsabilidad? Muy bien.

Y con toda esa furia acumulada durante cuatro largos años, lo dijo todo. Los hermanos callaron. Le observaron boquiabiertos durante todo el relato. No sabían nada.

No tenían nada que ver con lo que le habían hecho. Había vivido envenenado durante mucho tiempo, pensando que le habían traicionado, y todo para nada.

—*Ya Ullah ya*, Rashid. ¿Te has pasado todos estos

años pensando que te hicimos algo así? ¿Y todavía seguimos de una pieza?

Jalal, demasiado conmocionado como para articular palabra, se limitó a asentir.

—Eso me preguntó yo también. ¿Cómo es que no viniste a por nosotros si nos creías capaces de algo así?

Rashid no pudo soportar ni una palabra más.

—No me importa lo que pasó, o quién lo hizo, o por qué. Solo me importa Laylah.

Haidar se le acercó.

—Pero si le dices lo que acabas de contarnos, ella…

—No. No querrá saber nada de esto. No voy a recuperarla a este precio.

—A lo mejor es el único precio que merece ser pagado, Rashid —dijo Jalal.

—He dicho que no. Y si se lo dices, no me detendré ante nada para castigarte por haber traicionado mi confianza.

Haidar se atrevió a ponerle una mano en el hombro.

—Tranquilo. No vamos a decir nada —apretó los párpados—. *Ya Ullah*… Lo que realmente quiero es borrar todo lo que me has dicho de mi mente. Pero una cicatriz en el recuerdo no es nada en comparación con lo que tienes que haber sufrido tú —le miró a los ojos. Su mirada estaba llena de angustia y arrepentimiento—. No soy capaz de decirte lo impotente que me siento por no poder cambiar el pasado y castigar a quien lo merece. Pero voy a arreglar esto, aunque pase el resto de mi vida intentándolo. Tú eres mi otro hermano gemelo, Rashid. Todos estos años te he echado de menos. Te aseguro que haré todo lo que pueda por recuperar el tiempo perdido.

Jalal se unió a su hermano.

–Eso también va por mí. Pero tienes razón, Rashid. Lo que importa ahora es Laylah. Te juro que haremos todo lo posible por que te reconcilies con ella.

Pero todo no era suficiente. Habían pasado dieciocho días… dieciocho días en el infierno. Rashid se hundía cada vez más en la miseria del rechazo de Laylah. Amjad le había alojado en una habitación muy cercana a la de ella, para que pudiera seguirla. En ocasiones todos se confabulaban para provocar un encuentro. La obligaban a hacerle frente y ella les dejaba hacer hasta tenerle frente a frente, momento en el que pasaba por su lado como si fuera invisible. Era un castigo.

Había tenido tiempo de escribir una larga confesión, pero el papel había terminado en la papelera. Y se había visto obligado a hacer algo que nunca jamás había hecho antes. Cada vez que tenía oportunidad se lo contaba todo al primero que estuviera dispuesto a escucharle. Esa exposición era lo que Amjad le había descrito. Se había humillado hasta que ya no quedaba nada de él. Pero todo era inútil. No había cambio alguno en Laylah. Ella recibía las explicaciones de otros con el mismo desprecio que había recibido las suyas.

Se había visto obligada a reconocer que el ataque no había sido cosa suya, porque las evidencias eran irrefutables, pero por otra parte había empezado a creer que la retirada de su candidatura como aspirante al trono era una maniobra pensada para ganarse la simpatía y compasión de la gente.

Ella había perdido la confianza en él completamente.

—No hay línea que no seas capaz de cruzar, ¿verdad?

Rashid se giró de golpe.

—Laylah…

Ella estaba cerrando la puerta. Se volvía hacia él. Se detuvo a unos metros de distancia. Su mirada era la de una extraña.

—Casi me daba vergüenza ajena ver cómo te exponías ante todo el mundo, cómo te humillabas en un intento por controlar el daño. Pero lo que realmente me sorprende es cómo te has metido en el bolsillo a toda mi familia. Yo pensaba que eran listos, sobre todo Amjad. Supongo que nadie es inmune a los poderes de tu manipulación emocional.

—Son listos. Es por eso que reconocen mi sinceridad a pesar de todas las pruebas condenatorias.

Ella se rio con sarcasmo.

—Me engañé a mí misma pensando podías albergar sentimiento alguno. Pero ahora entiendo que alguien como tú no puede sentir nada más que ambición y sed de poder.

Rashid le agarró un mechón de pelo que le caía sobre el pecho.

—Ojalá fuera cierto.

Ella retrocedió. Su cabello sedoso se le escurrió entre las manos.

—Por favor, termina esta farsa ya. Ya no estoy enfadada contigo. En realidad la mayor parte de mi rabia iba dirigida a mí misma realmente, por creer algo que quería creer con tanta vehemencia. Yo estaba tan desesperada, tan loca de amor… Borré de mi mente todas las dudas. Quería creer lo imposible: que te habías enamorado de mí de repente, tan rápido, que estabas dispuesto a pasar el resto de tu vida conmigo. La desilusión y la más profunda miseria eran el único resultado posible.

Rashid la agarró de los hombros. Ella opuso un poco de resistencia, pero no intentó apartarse.

—Laylah, tienes que escucharme, no para que pueda suplicarte que me perdones, o para que pueda redimirme. Tienes que escucharme por ti misma. Lo que más me duele es que todo esto no ha hecho sino reforzar esa creencia tuya de que nadie te quería por ti misma, por lo que eres. Pero no es cierto. Todo el mundo que te conoce te valora y te quiere. Y yo te adoro. Mis errores me desprestigian a mí, no a ti.

Durante unos segundos, Rashid creyó que había conseguido algo. Ella le miraba con unos ojos que hablaban de algo profundo, intenso, pero entonces se llenaron de ese desprecio que ya le era tan familiar. Le hizo quitar las manos.

–¿Esa es tu última estrategia? ¿Vas a aprovecharte de mi necesidad de sentir la aprobación ajena, y de mi patética y pobre autoestima? Ya tengo asumido que mi valía no tiene nada que ver con la imagen que otros tengan de mí.

–Pídeme lo imposible, castígame…

–Soy yo quien va a ser castigada, cuando me case contigo.

Rashid abrió los ojos. No entendía nada.

–La boda se va a llevar a cabo.

No podía hacer otra cosa que mirarla estupefacto.

–Estoy embarazada.

De repente Rashid perdió el equilibrio y las piernas no le aguantaron.

–Laylah…

Ella se apartó.

–Simplemente te informo del resultado de tus planes. Como ves, todo te salió a la perfección.

–No era un plan.

–Me da igual cómo lo llames. No quiero que mi hijo viva con un estigma social, sobre todo cuando el padre está tan interesado en reivindicar su paternidad, aunque sea por motivos tan poco loables… Adelante, Rashid. Tu estratagema se ha desvelado por completo y no te perjudicará en absoluto celebrar un poco el éxito. Un vínculo de sangre con los Aal Shalaan, después de haber hecho tan bien tu papel de caballero honorable y loco de amor ante mi familia, es el camino seguro hacia el trono de Azmahar. Si resulta ser un varón, y creo que así será, porque el azar parece estar siempre a tu favor, in-

cluso conseguirás al heredero que necesitas directamente.

–Nada de esto tiene sentido ya.

–Me someteré voluntariamente. Te daré lo único que querías de mí y soportaré la humillación de
la boda, pero solo por mi hijo. Así me aseguraré de
que consiga todos los derechos que le correspon-
den por parte de su padre, sin importar lo que pase,
y cuando anuncie lo de mi embarazo y convenza a
la gente de que el bebé fue concebido dentro del
matrimonio, la farsa termina.

Dio media vuelta y se marchó.

–¿Te he dicho últimamente lo mucho que te
odio?

Laylah miró a Aliyah, su prima, la tercera joya
más preciada de la familia Aal Shalaan. La joven
acababa de entrar empujando una percha con varios trajes de novia. La miraba con el ceño fruncido.

Laylah suspiró.

–En la última hora no –dijo.

Las otras chicas se echaron a reír. Eran las espo-
sas de los otros primos. Todas habían sido recluta-
das para preparar esa boda de emergencia.

En cuestión de segundos, todas se pusieron manos a la obra, mostrándole los trajes, sugiriéndole
combinaciones de colores… Laylah cooperó todo
lo que pudo y fingió tener todo el interés del mundo.

Había un traje de novia, de estilo árabe indio. El

corpiño era sin mangas y se ceñía a la cintura. El escote dejaba el cuello al descubierto y los hombros también. Toda la pieza estaba cubierta por un exquisito bordado a mano de lentejuelas, cuentas, perlas y gemas semipreciosas de todos los colores. Pero lo que más llamó la atención de Laylah fue el dibujo que cubría toda la prenda. Era un patrón que emulaba el escudo familiar de Rashid. Las mujeres insistieron en que se lo probara. Tal y como esperaba, el vestido le encajaba a la perfección. Lo había enviado Rashid.

Mientras Maram y Aliyah llamaban a sus respectivos esposos para pedirles joyas que hicieran juego con el traje, Laylah se dedicó a observar al resto de las chicas mientras hojeaban los innumerables catálogos para encontrar vestidos para ellas a juego.

Si se sentía tan mal durante los preparativos de la farsa, ¿cómo iba a sentirse el día en cuestión?

Había llegado el momento. Había llegado el día en que se casaría con Rashid. La procesión nupcial ya reverberaba por todos los rincones del palacio. Se oían miles de voces que entonaban cánticos de fiesta. Aliyah y Maram le estaban poniendo las joyas en el cuello, en los brazos y en la cabeza, y Johara, Talia, Roxanne y Lujayn se ocupaban del velo, el peinado y el maquillaje. Todas estaban preciosas con esos vestidos radiantes y esa actitud entusiasta. Laylah se miró en el espejo. Casi no reconocía a esa criatura maravillosa que la miraba desde el otro lado. Sus pensamientos se vieron interrumpidos cuando la condujeron hacia la sala de fiestas donde se celebraría la ceremonia. De repente, los latidos de su corazón ahogaron el sonido de la música. El mundo desapareció. Rashid estaba solo ante las puertas dobles del salón de fiesta. Era una sombra en medio de tanto resplandor e iluminación, como si absorbiera toda la luz. Llevaba un traje a juego con el de ella, pero los colores eran más oscuros. El hombre que tenía delante arrastraba un legado que nacía en las fábulas. Había nacido para ser rey.

–Laylah…

Ella se mantuvo firme, impasible. De repente sintió sus brazos alrededor de los hombros. Se apartó bruscamente y siguió adelante. Él la dejó avanzar a lo largo de la pasarela marcada por la alfombra roja hasta llegar al *kooshah*, y entonces la alcanzó. Juntos subieron los peldaños cubiertos de terciopelo rojo que llevaban al altar. Un clérigo de aspecto imponente estaba sentado en el medio de un sofá dorado, con tres pergaminos delante. Haidar y Jalal estaban de pie a ambos lados del sofá, como si fueran guardaespaldas. Iban a ser los testigos del matrimonio. En cuanto llegaron a la plataforma, la música paró. Laylah se sentó rápidamente; quería evitar la mirada de Rashid. Miró a su alrededor. Había unas cien mesas en torno al altar. Las miradas de los poderosos estaban puestas sobre ellos.

Le sintió muy cerca, justo detrás.

–¿Terminamos con esto de una vez? –le dijo, impaciente.

Él la miró a los ojos, pero ella rehuyó su mirada una vez más.

–*Habibati*, dame la mano.

Laylah sintió que se le encogía el estómago. Pero fue el término cariñoso lo que más le molestó. ¿Por qué seguía actuando? Le dio la mano, fría como la de un cadáver. El clérigo les cubrió las manos con un inmaculado paño blanco y entonces puso la suya encima. La hizo repetir los votos matrimoniales, y después fue el turno de Rashid.

–Diga cuál es el *mahr y mo'akh'khar al suddaag*, jeque Rashid.

El llamado «precio de la novia»… Se pagaba en dos plazos: el *mahr* al firmar el contrato; y después el *mo'akh'khar*, un cantidad que se daba al término del matrimonio.

–Mi *mahr* es este –Rashid sacó una cajita. Se la dio a Laylah.

Laylah la abrió. Era un broche de oro muy sencillo con el escudo de su familia. Sin duda debía de ser un bien muy preciado para su familia, pero no tenía mucho valor.

–Era de mi madre. Es mi primer recuerdo. Tenía cuatro años cuando me dijo que era el primer regalo que le hizo mi padre. Él solo tenía dieciocho años cuando se lo compró con su primera paga. Yo me colé en su habitación la noche en que murió. Lloré y pataleé, pero no me dejaron verla. Lo único que pude hacer fue agarrar algo de ella mientras me sacaban a rastras de la habitación. Era este broche. Es todo lo que me queda de ella. Es lo único que tengo que me importa, igual que tú eres la única persona que me importa en esta vida.

–Maldito seas.

El clérigo se sobresaltó al oír las palabras de Laylah.

–Por favor, Laylah, acepta esto.

Ella le fulminó con la mirada. La sangre le hervía. Él sacó la joya con manos temblorosas y se la puso sobre el corazón. Laylah resistió las ganas de arrancárselo del pecho y tirárselo a la cara. No quería darle esa satisfacción. Continuó atravesándole con la mirada mientras él les hacía señas a Haidar y a Jalal.

–Y mi *mo'akh'khar* es este.

Haidar le entregó un grueso dosier al clérigo. El hombre lo abrió y leyó la primera página. Un segundo más tarde levantó la mirada hacia Rashid. Parecía estupefacto.

–¿He entendido bien, jeque Rashid?

Rashid asintió.

–Sí. Esas son todas mis posesiones.

Laylah le miró, sorprendida.

–¿Qué te traes entre manos ahora?

–Nunca me he traído nada entre manos, Laylah. Soy todo tuyo, en cuerpo y alma. Mis bienes son lo menos importante.

–Yo no los quiero, de la misma forma que no quiero nada de ti.

Rashid soltó el aliento. Se volvió hacia el clérigo.

–Que conste, por favor.

El hombre obedeció y un opresivo silencio descendió sobre todos los presentes. Un momento después les pidió que firmaran las tres copias. Haidar y Jalal pusieron sus sellos sobre las firmas. Cuando abandonaron el altar, el clérigo le lanzó una mirada de desconcierto a Laylah. Haidar y Jalal, por el contrario, la miraron con indulgencia. Él se los había metido en el bolsillo de nuevo. Los invitados se levantaron y brindaron, levantando sus copas a la misma vez.

Todo el mundo se sentó y la música empezó a sonar de nuevo. Rashid se había sentado a su lado.

Le ignoró, fingió estar saludando a alguien. Quiso agarrar su *sharbaat*, pero fue como tocar un cable de alta tensión. Eran los dedos de Rashid; había llegado antes a la copa de cristal.

Al ver que ella se negaba a tomar la bebida de su mano, Rashid le susurró algo al oído.

–Tíramela a la cara. En realidad merezco mucho más por lo que hice.

Resistiéndose a concederle el placer de verla perder los estribos, Laylah tomó la copa y se bebió todo el contenido de golpe. Siguió mirando al frente, no obstante.

Laylah siguió guardando silencio.

–Me pregunto si… ¿Aguantarías si te besara?

Ella siguió callada. De repente él la agarró de la cintura.

–¿Lo averiguamos?

Ella le lanzó una mirada condescendiente.

El momento se vio interrumpido por el primer espectáculo de la velada, un número musical.

–Todas esas canciones son para ti. Ahora soy tu marido.

–Solo durante un tiempo, hasta que nazca el niño, como máximo.

–Pues para eso quedan siete meses. ¿Recuerdas lo que pasó en siete horas?

–¿Cuando era una tonta desesperada que se engañaba a sí misma? Claro que lo recuerdo muy bien. ¿Cuántas probabilidades crees que hay de que vuelva a caer en tus trampas?

–Bueno, a mí se me da muy bien conseguir lo imposible. Le he ganado a la muerte muchas veces. Voy a conquistarte, aunque me lleve el resto de mi vida.

–Te va a llevar el resto de tu vida. Y más.

Él la agarró con más fuerza.

–Toma lo que quieras de mí, todo lo que quieras. Hazlo aquí y ahora. Te reto.

Ella se apartó justo cuando la gente empezaba a aplaudir. Se puso en pie e hizo lo mismo. Avanzó hasta el borde de la plataforma. Todos la seguían con la mirada.

–Y ahora vamos con otra tradición sin la que una celebración no está completa. Poesía.

Se oyeron murmullos de expectación. Sus familiares empezaron a preguntarse los unos a los otros si era parte del espectáculo.

–Oda a mi adorado esposo –empezó a decir Laylah. Una acústica inmejorable llevaba su voz hasta los rincones más apartados del salón: «Cual cocodrilo feroz, lágrimas derrama mientras devora a su presa, así que ándense con cuidado. No se dejen engañar por su rostro hermoso. Un tigre también lo es, pero no sobreviviremos a su ataque».

El cuarteto fue recibido con un silencio profundo. De repente se oyó un silbido, seguido de dos aplausos perezosos.

–Gracias, prima. Estaba a punto de provocar un incidente para no tener que soportar otro número de música folclórica.

Era Amjad. ¿Quién podría ser si no?

Pero Laylah no pudo prestarle atención alguna. Rashid se había puesto en pie e iba hacia ella con paso firme.

–Oda a un pasado baldío cuando solo podía contemplar a mi noble esposa en la distancia.: «Paso por esta morada, la de Laylah. Y beso estas paredes, y aquella. No es el amor a una casa lo que me ha robado el corazón, sino hacia la que habitó en ella».

Se hizo el silencio de nuevo.

En lugar de defenderse o de arremeter contra ella de otra manera, había leído unos versos de Qays Ibn Al Mulawah, el poeta al que se conocía como el Loco de Laylah.

Sin darle tiempo a reaccionar, se arrodilló frente a ella. La gente contuvo el aliento. Se llevó sus manos a los labios y recitó los versos una vez más con la voz entrecortada, cargada de dolor.

Laylah continuó mirándole fijamente cuando terminó.

–«Las riquezas que me has dado, no me las quites. La generosidad que me has demostrado, no te la lleves. Los errores que he cometido, perdónalos. Apelo a ti. Busco refugio en ti, de ti. Vengo a ti buscando misericordia, así que concédeme tu piedad, porque no merezco tu venganza».

Laylah trató de respirar, pero no pudo. ¿Había compuesto esos versos en el momento?

–Y… como nada en esta noche memorable y amena se puede comparar a eso, sugiero que comamos.

Era Amjad de nuevo. La gente empezó a aplaudir y a reír. Laylah apartó la vista de Rashid. Echó a andar y no paró hasta estar muy lejos de allí.

La siguió hasta el exterior. Cuando llegó a la villa frente al mar donde una vez le había dicho que le amaba, la noche se había vuelto cerrada. La había comprado para ella, para los dos. No podía quedarse allí sin ella. Y ella no la aceptaría como regalo. Cruzó la terraza de la habitación principal y llegó a la balaustrada, perdido en pensamientos tan tumultuosos como el mar.

–He tomado una decisión.

Rashid sintió que se le ponía el pelo de punta. Laylah…

Se giró de golpe. Su corazón latía sin ton ni son. Se había quitado el vestido de novia y se había puesto uno de esos trajes vaporosos.

Ella siguió avanzando hasta detenerse justo delante de él. Todo su cuerpo vibró al sentirla tan cerca. Confusión, esperanza… Un maremágnum de sensaciones batallaba en su interior.

De repente ella le agarró de la nuca, tiró de él. Y justo antes de recibir ese beso por el que moría, ella terminó con las dudas, y con la esperanza.

–Al igual que tú me utilizaste por puro placer cuando en realidad no sentías nada, yo también te usaré, con la misma frialdad, por puro placer.

Capítulo Ocho

Esas palabras crueles y frías contrarrestaron el calor del abrazo.

Rashid se echó hacia atrás.

–No puedes estar hablando en serio.

–Sí que hablo en serio –abrió los labios sobre su cicatriz–. Eres genial en la cama, y eres el hombre de mi vida, por ahora, así que buscaré placer en ti. Es mi derecho.

Rashid intentó empujarla y apartarla. No quería sucumbir.

–Tienes todo el derecho a tomar lo que quieras de mí.

Ella le mordió la barbilla.

–No quiero nada más de ti, nada más que esto.

–Pero yo sí. Quiero tu amor, tu confianza.

Fue ella quien se apartó esa vez.

–Todo lo que puedo darte es sexo. Pídeme más, y me voy. Y no me verás más que en la distancia hasta que llegue el momento de terminar con esta farsa de matrimonio.

Rashid podía verlo en su rostro. No se trataba de una broma. Si se negaba, la perdería para siempre en ese preciso momento. Dándose por vencido, soltó el aliento y la tomó en brazos.

En cuanto la apoyó en el suelo, junto a la cama, se abalanzó sobre él y empezó a tocarle con frenesí. Él trató de tumbarla sobre la cama, pero ella se le retorció en los brazos. Le hizo cambiar de dirección y terminó apoyada encima de él.

Rashid la vio quitarse el vestido. Debajo llevaba otra de esas prendas exquisitas que había escogido para ella. Le temblaban las manos sobre su suave vientre, donde crecía el milagro que había obrado la pasión.

Se puso a su merced. La dejó devorarle, dominarle. Se hundió en un mar de deseo y la dejó desnudarle a su antojo. Ella había prendido un fuego arrasador que ya era imparable. De pronto le tomó en su boca y comenzó a darse ese placer egoísta del que le había hablado.

Empujando las caderas al ritmo frenético de sus labios, Rashid se hundió más adentro en su boca. La tocaba por todas partes con las manos temblorosas. Su cuerpo y su mente le pertenecían. Ella le clavó los dedos en el trasero, exigiéndole una rendición total. Acariciándole el cabello con torpeza, Rashid sintió que algo explotaba entre sus caderas. Ella le vació por completo, se lo arrebató todo.

Trató de apoyarla contra su corazón, pero ella volvió a dominarle de nuevo. Se sentó a horcajadas sobre él.

–Te deseo, Rashid.

–Tómalo todo de mí –la ayudó a colocarse bien.

Ella le hizo entrar de un golpe. Rashid vio un relámpago blanco. Todo palideció de repente y entonces sintió que ella le absorbía. Ella temblaba, dentro y fuera. Gemía una y otra vez, pronunciando su nombre.

Él se incorporó un poco y se apoyó contra la pared.

—Cabalga sobre mí, *ya rohi*. Tómame y sácame todo el placer que puedas.

Apoyando las manos sobre sus hombros, con los muslos temblorosos, Laylah se deslizó sobre su miembro erecto. Él acababa de morderle un pezón con los labios.

Se apretó contra él con fuerza y gimió.

—Rashid, hazlo.

Él obedeció. Le sujetó las caderas y empezó a moverla arriba y abajo al ritmo que ella marcaba.

—¿Sientes lo que me haces? Nunca soñé con sentir un placer como este.

Ella le clavó los dedos en la piel, por haberse saltado el requisito fundamental de «solo sexo». Rashid se deslizó sobre la humedad de su sexo, luchando por retrasar un poco más el clímax.

Palpitando dentro de ella, se incorporó.

—El cielo no es nada comparado con estar dentro de ti.

Ella le clavó los dientes en la cicatriz, castigándolo. Rashid echó atrás la cabeza, temblando de dolor y placer al mismo tiempo.

—Laylah, castígame y acéptame de nuevo. Tómame entero.

Empujó con todas sus fuerzas y entró hasta el fondo. Ella gritó. Sus músculos internos se contrajeron y apretaron su miembro. Rashid empezó a empujar frenéticamente, cabalgando sobre la ola de su orgasmo, rindiéndose al placer que solo había conocido con ella, derramando su esencia dentro de ella, jurándole amor eterno.

–Te suplico que me creas. Te quiero. Te adoro. Nunca he querido a nadie excepto a ti. Nunca he mentido sobre esto.

Ella se quedó inmóvil de repente.

–Laylah… –Rashid se apartó de inmediato.

Tenía los ojos abiertos, vacíos. Se zafó de él.

–Simplemente cumplo con lo que tú quieres. Y tú cumples con lo que yo quiero. Es un trato justo. Pero si no dejas de decirme que me quieres, no volverás a tenerme nunca más.

Incapaz de soportar el rechazo que veía en sus ojos ni un segundo más, Rashid se levantó de la cama. Tenía que buscar refugio en cualquier sitio, excepto donde ella estuviera.

Antes de salir de la habitación, se volvió hacia ella.

–Accederé a todo lo que me pidas.

Lo que Laylah quería era el infierno en la Tierra. No le dejada entrar en su vida de ninguna manera; nunca durante el día. Y por la noche hacía lo que quería con él. Incluso en medio de esa frialdad emocional, la pasión física que había entre ellos se les escapaba de las manos. Les abrasaba por dentro y por fuera, pero también les bañaba de dolor.

Rashid había llegado a un punto en el que sabía cuál sería el desenlace. Aunque estuviera dispuesto a soportarlo todo, a pagar su deuda destruyéndose a sí mismo, en el fondo sabía que era imposible.

Tendría que acabar con todo... Y no tardaría mucho en hacerlo.

Amjad había apoyado a Rashid. Y Haidar y Jalal, para sorpresa de Laylah, habían suscrito su decisión voluntariamente. Rashid iba a ser rey de Azmahar. Faltaban dos días para que tuviera lugar su *joloos*.

Eso era lo que tanto había deseado, lo que se merecía. ¿Qué haría cuando ya lo tuviera? De repente él entró en la suite.

Laylah se puso en pie. Él le agarró las manos. Su mirada era extraña... Como si estuviera diciendo adiós.

—Me hubiera gustado que las cosas hubieran sido distintas, pero es inútil seguir soñando. No puedo... dormir contigo ni una sola noche más.

—Tú nunca dormiste conmigo. La única vez que me desperté y te encontré en mi cama fue esa primera noche, y solo te quedaste para cerrar el acuerdo.

Él no dijo nada.

—No me cabe duda de que harás todo lo posible por reconocer a este bebé cuando nazca, pero tengo todo el derecho a querer dejarlo todo en regla ahora y no después.

—Laylah...

–Y en cuanto a nosotros, si no vas a dormir conmigo, ya no hay por qué fingir que este matrimonio es real. Nuestro trato ha concluido. Quiero el divorcio. Ahora.

Él cerró los ojos. Dio media vuelta y se marchó.

Laylah se desplomó en el suelo y lloró hasta que se le acabaron las lágrimas.

Una vez había conseguido lo que quería, la había echado a un lado, tal y como su madre había pronosticado. Pero no iba a hacerlo tan pronto, no antes de sentarse en ese trono que lo era todo para él.

El día del *joloos* había llegado. Pero Rashid no estaba allí.

Cuando Maram le había dicho que no había asistido al ensayo, Laylah había pensado que aparecería en el último momento. Pero no lo había hecho. Nadie sabía dónde estaba, o qué había pasado. Parecía haberse borrado de la faz de la Tierra.

Se estaba volviendo loca. Algo terrible tenía que haber pasado. No había ninguna otra explicación.

–Laylah.

Esa voz profunda la golpeó como un puño.

No era la de Rashid. Era Haidar. Jalal estaba a su lado.

Fue hacia sus primos, tambaleándose. Les zarandeó.

–¿Le habéis encontrado? ¿Está bien? ¡Hablad!

Haidar frunció el ceño.

–¿Y qué más te da? ¿No le odias ahora?

Laylah rompió a llorar.

–Yo… Yo nunca podría odiarle. Siempre le querré… pase lo que pase.

–Pues no es eso lo que le has hecho creer. Cree que le odias tanto que… se está destruyendo a sí mismo.

–Quieres decir…

Jalal soltó el aliento.

–Tienes que sentarte antes de oír esto.

Laylah gritó de dolor. Las lágrimas corrían por sus mejillas sin control.

–No se ha hecho daño a sí mismo –dijo Haidar.

Intercambió una mirada con su hermano y la hizo sentarse en el sofá.

–Aunque nos ha hecho jurar que mantendríamos el secreto y aunque nos arriesguemos a un castigo terrible, tenemos que decírtelo todo.

Laylah sintió que la sangre huía de sus mejillas. Un frío aterrador se apoderó de ella.

–Ya sabes por qué Rashid se unió al Ejército –dijo Jalal.

Se había alistado en el ejército para pagar las deudas de su tutor y así conseguir la educación que nunca se había podido permitir. Además, siempre había soñado con ser soldado.

En una misión, el líder de su pelotón se perdió con sus tropas en el desierto. De no haber sido por Rashid, todos hubieran muerto. Logró conducir al pelotón hacia un lugar seguro.

Laylah recordaba muy bien esas semanas infernales. Casi se había vuelto loca pensando que había muerto…

Pero él siguió luchando en otros conflictos armados, sobreviviendo una y otra vez. Había hecho todo lo que se había propuesto hacer, se había ganado un ascenso tras otro… Y fue entonces cuando desapareció.

Haidar siguió hablando.

–¿Recuerdas aquella vez cuando desapareció? Había empezado a trabajar para los servicios de inteligencia. Así fue cómo descubrió la conspiración de nuestras madres. Se infiltró para conseguir evidencias, me dijo que había conseguido un ascenso y que estaría de encubierto. Pensando que no quería volver a verme, le dije que me daba igual lo que le pasara.

Jalal soltó el aliento.

–Pero aunque los dos nos portamos mal con él, él seguía albergando la esperanza de haberse equivocado respecto a lo de nuestras madres. Sabiendo lo que sabemos ahora, apuesto a que pensaba más en ti, y por eso se esforzó tanto en encontrar pruebas que desmantelaran la teoría de la conspiración, pero fue inútil. Sin embargo, él aún quiso darnos una oportunidad de hacer algo al respecto primero –Jalal se frotó la cara con ambas manos–. Pero cuando iba de camino a vernos, sufrió un ataque y le secuestraron.

Haidar continuó con la historia.

–Sus secuestradores eran los esbirros de nuestras madres. Le torturaron para conseguir información.

En un momento dado, consiguió llamarnos. Estaba tan destrozado que yo pensé que estaba borracho. Me dijo dónde creía estar. Me suplicó que le ayudara. Yo fui a buscarle de inmediato, pero no encontré a nadie en esa dirección. Ese fue otro de los trucos de nuestras madres. Rashid pensó que yo no había acudido en su ayuda porque estábamos implicados también.

»Aunque estaba roto, en cuerpo y alma, mató a sus captores y se arrastró por el desierto de Zohayd hasta la frontera de Damhoor. Las heridas que esos monstruos le habían hecho estaban tan infectadas que estuvo a punto de morir. Después de pasar varias semanas entre la vida y la muerte, lograron estabilizarle, pero ninguna cirugía podía arreglar esas cicatrices. No pudo hacer nada para frustrar esos maquiavélicos planes. Había perdido todas las pruebas.

»Cuando nuestras madres se vieron expuestas él pensó que habíamos fingido que desarticulábamos la trama para ponerla en práctica en otra ocasión más propicia. Mientras tanto, se hizo buen amigo del rey Malek de Damhoor, y gracias a la ayuda de su servicio de inteligencia, desarrolló un sistema de defensa impenetrable.

»El rey Malek le ofreció un ministerio, pero él prefirió cobrar en metálico para empezar su propio negocio, y así perseguir su objetivo principal: castigarnos y arrebatarnos esos méritos que no nos habíamos ganado. Nos dijo que esta era la mejor herida que nos podía infligir, mejor que exponernos ante todos. Pero yo creo que en el fondo era incapaz de hacernos tanto daño. Es un hombre con un corazón tierno, mucho más que cualquiera de nosotros. Bueno, en ese momento empezó la reacción en cadena en Azmahar, y se encontró en mitad de una guerra en la que era nuestro enemigo en la disputa por el trono del lugar que él consideraba su reino. Se propuso hacer cualquier cosa por impedir que cualquiera de los dos accediéramos al trono. El resto ya lo sabes.

Laylah sintió que un filo de hielo le atravesaba el corazón.

Rashid... Rashid... Todo ese tiempo...

–Hay más –dijo Jalal–. Hay una razón para que no se haya presentado hoy... Rashid sufrió un grave desorden postraumático en el pasado. Nos dijo que todo estaba bajo control, pero acaba de llamarnos, y dice que no está en condiciones de ser rey. Nos ha pedido que lancemos una moneda al aire para decidir quién será el rey.

Jalal se detuvo y miró a su hermano.

–Nos dijo que nunca debería haber vuelto –añadió Haidar–. Que debería haber muerto en alguna de esas misiones, que así le hubiera ahorrado muchos problemas a todo el mundo. También nos dijo que entiende que no le quieras junto a tu hijo y que acatará cualquier cosa que decidas.

Desesperada, Laylah se puso en pie.

–¿Dónde está?

–En el lugar que lo es todo para él.

–En su casa de Chicago.

***

Durante el viaje, Laylah se hundió aún más en la desesperación. ¿Y si Haidar y Jalal estaban equivocados? Avanzó unos pasos… Tenía los nervios a flor de piel. Él estaba allí.

De repente pareció salir de la oscuridad que rodeaba la entreplanta.

La observó durante lo que pareció una eternidad y empezó a bajar las escaleras.

–No tenías por qué venir. Te daré el divorcio y todo lo que me pidas.

–Yo no… No… He venido para… Me lo dijeron todo. Deberías habérmelo dicho tú.

–Nunca deberías haber sabido nada de esto.

–Tenía derecho a saberlo. Es mi madre quien te hizo todo esto.

El rostro de Rashid se endureció.

–Ya has tenido bastante en lo que respecta a ella. No ibas a conseguir nada sabiendo más cosas, pero sí tenías mucho que perder.

–Lo que me hizo a mí salió del ensañamiento de una madre controladora que no dejaba respirar a su hija. Pero lo que te hizo a ti no tiene perdón.

–Y es por eso que no quería que supieras nada. No quería que te sintieras así.

–Rashid…

Él se apartó.

–No. No me toques. No te me acerques.

Laylah contuvo el llanto.

–*Ya Ullah ya*, Rashid… Lo siento tanto.

–Pues no lo sientas. No me tengas pena. No hace falta.

Laylah se abalanzó sobre él. Le abrazó con todas sus fuerzas, aunque él intentara empujarla.

–No es pena… Es furia, arrepentimiento y un dolor tan fuerte que me desgarra el corazón cada vez que respiro.

Intentando zafarse de ella, Rashid suspiró.

–No, Laylah. No te sientas mal por ello. No tuviste nada que ver.

Ella se aferró con más fuerza.

–Pero fue mi madre quien te hizo esto.

Él dejó caer los brazos, se rindió a su abrazo.

–Es parte del pasado. Yo lo he dejado atrás.

Ella levantó el rostro. No podía verle bien a través de las lágrimas. Rashid dijo:

–Fuiste tú quien me abrió el camino que me permitía curarme, pero perderte me ha hundido en un infierno peor que el que conocí en mis peores días. Pensaba que todo estaba muerto dentro de mí. Pero tú lo reviviste. Me hiciste descubrir nuevas esperanzas, emociones, cosas que no sabía que tenía. De repente me encontré a mí mismo dependiendo de otro ser humano. Fue glorioso, pero daba más miedo que cualquiera de las cosas a las que me vi sometido en el pasado. Y entonces todo se fue al traste. Sabiendo que había perdido tu respeto, tu amor, que había traicionado tu confianza, sin poder reparar el daño que te había hecho… Jamás me recuperaré de eso.

Laylah le cubrió de lágrimas y besos.

–Nunca me perdiste, ni a mí ni a mi amor. Y nunca me perderás, mientras yo viva, porque eso es todo lo que soy. Soy amor, hacia ti. Fui una estúpida. Estaba herida y quería protegerme a mí misma. Pero hice ese trato contigo para poder seguir a tu lado, con la esperanza de que tú me quisieras alguna vez, aunque no fuera tanto como te quiero yo a ti. Te he querido siempre. Te querré siempre –se apartó un momento y le miró a los ojos–. ¿Pero cómo puedes quererme tú a mí, después de lo que te he hecho, después de lo que te ha hecho mi familia? Deberías odiarme.

Rashid se sentó con ella frente al hogar apagado. Temblaba. Sus ojos estaban llenos de lágrimas.

–Hiciste mucho menos de lo que merecía. Y tu familia reparó todo el daño que hicieron en el momento en que te trajeron al mundo. Casi podría llegar a quererles por ello.

Laylah dejó escapar una risotada.

–Bueno, tampoco es para tanto. Pero hagas lo que hagas, yo nunca les perdonaré.

Rashid le sujetó las mejillas.

–Necesito que me creas cuando te digo que basta con una caricia, una sonrisa, o un momento contigo para compensar todo el daño que me infligieron. Lo único que quiero ahora es que olvides todo esto y estés en paz. Si te tengo a ti, lo tengo todo, pasado, presente y futuro. Solo quiero ser tu amante, tu marido, el padre de tu hijo.

–Y el rey de Azmahar.

–Azmahar se merece a alguien que no lleve estas cicatrices por dentro y por fuera.

–Azmahar te necesita a ti. Y es tu destino gobernar el reino al que defendiste y por el que casi pierdes la vida, el reino al que has rescatado del borde del abismo y al que conducirás hacia la prosperidad. Y ese reino te ha escogido a ti. Igual que yo. Porque eres el mejor. Incluso tus rivales lo piensan. Incluso Amjad lo cree así. Tienes que aceptar el trono.

–Te juro por mi vida y por mi honor, que haré todo lo que me pidas. ¿Pero por qué no esperamos un poco para ver si soy la mejor elección para Azmahar?

Laylah quiso decir algo más, pero él la hizo callar con un tórrido beso.

Une eternidad más tarde, tras el fragor de la batalla amorosa, Rashid empezó a acariciar su cuerpo sudado y henchido de placer. Se fijó en su vientre, que ya empezaba a abultarse un poco.

Ella sonrió.

–Lo único que quiero es ser tuya, y que tú seas mío.

–Hecho.

Haidar y Jalal fruncieron el ceño. Pero Rashid se limitó a mirarles con serenidad, sonriente, encantado.

–Dijiste un par de meses –dijo Haidar.

–Seis meses no es un par –apuntó Jalal, cruzándose de brazos.

–Desde que presentaste tu candidatura, nos hemos reorganizado de otra manera –dijo Haidar–. Y te fuiste corriendo y nos dejaste.

Rashid se encogió de hombros.

–Lo hice para poder ocuparme del bebé de Laylah, que también es el mío.

–Deja de andarte con rodeos –Haidar se sentó a su lado y le agarró del hombro. Le miró a los ojos–. ¿Realmente te encuentras bien ahora?

–Mucho mejor de lo que te puedes imaginar –Rashid sonrió–. He tenido mi propio milagro. Y ella me va a dar otro más… dentro de una semana.

Jalal se sentó al otro lado.

–Puedes ser esposo, padre y amigo también, ¿sabes? Nosotros lo hemos probado y funciona.

Rashid sonrió.

–Si no muero de felicidad cuando nazca nuestro niño, os pondré a vosotros y al trono en mi lista de prioridades.

Haidar puso los ojos en blanco.

–En otra época era imposible oírte hacer una broma, pero ahora casi le haces la competencia a Amjad, que es nuestro mayor dolor de cabeza. Laylah no hace milagros. Nos hace sabotaje.

–¡Ya sabes qué me traigo entre manos!

Haidar y Jalal intercambiaron miradas confusas, pero Rashid miraba hacia otro lado. Laylah bajaba por las escaleras del ático en ese momento. Cada día estaba más hermosa.

El broche que llevaba en el pecho resplandecía como si tuviera fuego dentro.

–Me alegro de que estés aquí –dijo Rashid, poniéndose en pie– para oír esto –rodeó a su esposa con los brazos–. He estado investigando este asunto desde que me aceptaste de nuevo. Y hoy por fin puedo confirmarlo todo. Tu madre no tuvo nada que ver con mi secuestro.

Los ojos de Laylah se llenaron de lágrimas. Empezó a temblar. Laylah se deshizo en palabras de agradecimiento. Le colmó de besos y abrazos.

–Lo siento, chicos –dijo, volviéndose hacia Haidar y Jalal, pero vuestra madre es la única responsable, pero tampoco ordenó que me torturaran y mutilaran. Había ordenado que me sacaran la información sin hacerme daño y que me mantuvieran prisionero hasta que pudiera llevar a cabo su plan. Lo que hicieron los matones no fue una orden. Fue venganza. Yo les había metido en la cárcel. A ellos y a sus familiares.

Haidar frunció el ceño.

–¿Lo dices para que nos sintamos mejor?

–Teniendo a Sondoss de madre, dudo mucho que eso sea posible.

Los dos hermanos hicieron una mueca. Rashid sonrió de oreja a oreja.

–En serio, no es tan mala como pensaba. Hay ciertas líneas que no cruzaría. Es una persona peligrosa, pero desatinada. No es un criminal curtido. Y por lo que a mí respecta… –señaló su cicatriz–. Esto no es cosa de ella, así que básicamente la perdono. Y vosotros deberíais hacer lo mismo.

Haidar dejó escapar un gruñido.

—Es un milagro que estemos tan acostumbrados.

Jalal abrió los ojos.

—¿Estás hablando de nosotros? —sacudió la cabeza y se puso en pie. Le puso una mano en el hombro a Rashid—. La única razón por la que no somos tan peligrosos como nuestra madre es que apareciste pronto en nuestras vidas. Y cuando te fuiste, no nos descarriamos mucho porque no tardamos en encontrar a Roxanne y a Lujayn.

Haidar se puso en pie. Dejó escapar una risotada sin humor.

—Así se evitaron un par de catástrofes más. La gente adecuada apareció en el momento preciso, así que… —puso una mano sobre el otro hombro de Rashid—. Muy bien, ¿cuándo nos vas a quitar el peso del trono de los hombros?

—Eh… ¿Nunca?

Las protestas de los hermanos no se hicieron esperar.

Rashid hizo una mueca.

—Quiero decir que nunca os vais a librar del todo de ese peso. Incluso después de haber asumido el trono, lo compartiréis conmigo. Podéis escoger el título que os plazca.

—Por favor, no quiero ser el heredero segundón. Harres y Shaheen ya sufren lo suyo con Amjad.

—A mi heredero lo tengo aquí —le acarició el vientre a Laylah—. Podéis ser todo lo demás.

—*Sokrunn ya rubb*. ¡Gracias a Dios! —exclamó Haidar, fingiendo sentir un gran alivio—. Pero volveremos a hablar contigo de ese tema, después de que

Roxanne y Lujayn nos digan qué vamos a ser exactamente, y qué haremos.

Rashid se echó a reír. Miró a Laylah y le dio gracias al destino por tenerla a su lado. Después de acompañar a los primos a la puerta, fue a sentarse en el suelo, frente a ella. Empezó a acariciarla y a besarla en el vientre.

Suspirando de placer, Laylah deslizó las manos sobre su cabello. Ya le llegaba al cuello.

–Gracias, *ya rohi*.

–Soy yo quien está agradecido por haberte podido dar esto.

–No solo te doy las gracias por haber hecho todo lo posible por librar a mi madre de toda culpa, o por haberme dado la oportunidad de rehacer mi relación con ella. Te doy las gracias por ser tú, por ser mío.

–Ya me das las gracias por eso todos los días. Me estás malcriando.

–Bueno, pues pienso seguir haciéndolo. Pero tú también haces lo mismo. Y ahora dame una respuesta clara, esa que no has querido darles a los chicos.

–Ya estoy haciendo mucho por Azmahar desde aquí. Pero solo volveré cuando toda mi familia haya venido a este mundo. Lo de ser rey aún está por ver. Este es el destino que me importa. Ser tuyo, de nuestro bebé.

–¡Pero el trono es parte de tu destino! –Laylah le atrajo hacia sí, tirándole del pelo–. Demuéstrame que puedes con todo. Dime que lo aceptas, que tomas esa responsabilidad.

Rashid tomó sus labios con un sentido beso y la estrechó entre sus brazos.

—*Amrek, ya habibati.* Como tú digas, mi amor. Lo acepto. Asumo esa responsabilidad.

Riendo de alegría, Laylah le abrazó con todo su ser.

—Buen chico.

Deseo

Una aventura prohibida

YVONNE LINDSAY

A Nate Hunter le resultó demasiado fácil seducir a la hija de su enemigo. Y después de un fin de semana tórrido, le planteó un ultimátum: Nicole Wilson tendría que trabajar con él. Si no lo hacía, su familia se enteraría de su aventura.

Nicole no tenía muchas alternativas, pero al aceptar las condiciones de su amante, vio en sus ojos una esperanza de redención. ¿Estarían justificadas las razones de Nate? ¿Se atrevería a fiarse de un hombre que pretendía destruir todo lo que amaba?

La tenía justo donde quería

¡YA EN TU PUNTO DE VENTA!

Acepte 2 de nuestras mejores novelas de amor GRATIS

¡Y reciba un regalo sorpresa!

Bianca.

Apta como niñera… ¡pero no como esposa!

Amy Bannester era una niñera sin pelos en la lengua, a la que parecía olvidársele que la servidumbre y el silencio debían ir de la mano, pero al jeque Emir se le ocurrían alternativas mucho más placenteras para sus seductores labios…

A pesar de la arrebatadora pasión que ambos sentían, las leyes de aquel reino del desierto llamado Alzan hacían imposible que Amy se convirtiese en reina. Emir había perdido a su primera esposa poco después del nacimiento de sus dos preciosas hijas gemelas, pero necesitaba un heredero varón para continuar con su linaje, y aquello era lo único que Amy no podía darle…

El jeque atormentado

Carol Marinelli

La dureza del diamante
HEIDI BETTS

Para el magnate de las joyas Alexander Bajoran no había retos imposibles... hasta que se encontró un bebé en su oficina con una nota diciendo que era su hijo. Solo había una mujer que pudiera ser la madre: Jessica Taylor, con quien un año antes había mantenido una breve aventura. Poco después Jessica se presentó en su casa, desesperada y arrepentida por haber abandonado a su hijo. Alex no estaba dispuesto a dejarla marchar con quien tal vez fuera su legítimo heredero. Pero al descubrir que Jessica estaba emparentada con su mayor rival en el negocio de las joyas, se preguntó si su embarazo habría sido realmente un accidente.

*¿Había ido desde el principio
detrás de su fortuna?*

¡YA EN TU PUNTO DE VENTA!